鎌倉おやつ処の死に神

谷崎　泉

富士見Ｌ文庫

目次

Kamakura Oyatsudokoro no Shinigami

【1】おやつ処みなと

名所旧跡を多く抱えた古都鎌倉《かまくら》には季節を問わず、引きも切らずに観光客が訪れる。鶴《つる》岡八幡宮《がおかはちまんぐう》、長谷寺《はせでら》、大仏のある高徳院《こうとくいん》などの有名な社寺だけでなく、海沿いを走る江ノ電、その車窓から見える湘南《しょうなん》の海、江の島…。枚挙にいとまがないほどの観光スポットがある鎌倉の人気は衰えを知らない。

そんな賑《にぎ》やかさからは少し離れた小高い住宅街の中に、「おやつ処みなと」はある。鎌《かま》倉山《くらやま》と呼ばれるこの辺りはかつて別荘地として開発された地域で、今はちょっとした高級住宅街として知られている。とは言っても、江ノ電にも湘南モノレールにも遠く、公共の移動手段は路線バスのみという土地柄は、生活の利便性からはかけ離れている。

ステイタスか、便利さか。どちらかを選べと言われれば、俺は間違いなく便利さを選ぶ。山の上から望む景色より、駅が近く、買い物出来る店がすぐそばにあった方がうんといいに決まってる。しかし、代々ここで暮らす家に生まれてしまったのだから、仕方がない。

それに俺自身が「高級」なんていう言葉が全く似合わない人間であるのも、うちの立地を有り難く思えない要因であろう。くたびれたシャツにデニムにエプロン。手にはお盆を持ち、「いらっしゃいませ」と客を迎える俺は明らかに客商売には向かない風貌《ふうぼう》をしている。

中肉中背、平々凡々を絵に描いたような、どこにでもいる実に目立たない男なのだが、いかんせん、自分で言うのも何だが愛想がない。昔から笑顔には無縁で、学生時代からずっと「暗い」と言われ続けて来た。就活では愛想のなさ過ぎるこの顔や性格のせいで、大変な苦労をしたものだ。

そんな俺が三十三にもなって、今更ながらにエプロンをして接客業に就いているのには理由がある。

「お兄ちゃん、これお願い。三番テーブル」

「分かった」

そう言って、栗のショコラケーキとあんみつの器が載ったお盆を出して来るのは、妹の和花《わか》だ。和花は本当に血が繋《つな》がっているのかと疑われるほど、俺とは正反対だ。可愛くて、愛想がよくて、気が利いて、しっかりしている。何処の誰でも「よく出来た」という形容をつけるに違いない、非の打ち所がない妹なのだ。

そんな和花がある日、自宅の一部分を改築して店を始めると言い出した。高校卒業後、製菓学校で菓子作りを学んだ和花は、その後、都内の洋菓子店に勤めていたのだが、そこから独立して自分の店を持つと決めたのだった。

兄であっても、とある理由からほぼ無職も同然の俺には反対どころか、意見する権限もなかった。そうかと了承した後、話はとんとん拍子に進んで行き、あっという間に「おやつ処みなと」はオープンしていた。

洋菓子店で修行していたのだから、ケーキ屋じゃないのかと思ったが、和花の言い分はこうだ。

「だって、ケーキもあんみつも、パフェも食べたいんだもの」

つまり、自分自身が甘党である和花は、自らの欲望を満たす為に店を開いたのだ。さすが、進学校で優秀な成績を収めながらも、「お菓子が作りたいから」という理由だけで、大学よりも専門学校への進学を選んだ我が妹だけはある。

その潔さ…というべきかどうかは疑問な点もあるが…に感服し、俺は出来るだけ、店を手伝うと約束した。もっとも、和花には協力者がいるので、手伝うのは二人でも手に余るような状態の時だけだ。

その協力者というのは…。

「柚琉《ゆずる》さん、こちらのパフェもお願いします」

和花の横から腹の底に響くような低い声が聞こえる。おやつ処みなとの看板メニュウの一つでもある、スペシャルパフェを差し出すのは着流し姿の、長身の男。名を犀川《さいかわ》さんと言い、和花が生まれた時からうちにいる人だ。

犀川さんについては話せば長い事情があるので、ここでは割愛するが、とにかく、和花が自分の店を始めると決めたのには、犀川さんの存在が大きかった。

犀川さんの特技は「アイスクリーム作り」なのだ。

「ええと…四番ですよね」

「はい。三番テーブルの分はもうすぐ出せます」

注文票を見て確認する俺に頷《うなず》き、犀川さんは冷蔵室から琺瑯《ほうろう》製のバットを取り出し、ディッパーでアイスクリームを練り始めた。その時々にあわせて最高の状態のアイスクリームを提供する為に、冷凍室には同じようなバットやボウルがいくつも入っている。

犀川さんのアイスクリームに対する拘《こだわ》りは異常なまでに強い。スイーツ音痴の俺など、冷たくて甘ければ何でも美味《おい》しいと思ってしまうが、分かる人には分かる、確かな味らしい。

「お待たせしました。スペシャルパフェになります」

四番テーブルにパフェを運んで行くと、待ち構えていたご婦人が「来たわ！」と高い声を上げた。

「これよ、これ。このアイスがすっごく美味しくてね」

「アイスなんて何でも一緒でしょ？」

「違うのよ。こんなに滑らかでふわふわのアイスがあるのかっていうくらいなの。味も絶妙な濃さで、こくがあるのに後味はさっぱりなのよ」

連れに熱弁を振るうご婦人はリピーターらしく、「食べてみてよ」と強く勧める。本当なの？　と疑いつつも、一口食べた連れのご婦人が「美味しい！」と歓声を上げるのを背中に聞きながら、俺は調理場へ戻った。

「……………」

調理場では先ほど、ご婦人が美味しいと褒めていたアイスを、犀川さんが鬼気迫る表情で捏《こ》ねている。いつ見てもすごいギャップだと感心しつつ、お盆を置いて注文伝票を確認した。

犀川さんの風貌は、無愛想な俺の遥《はる》か上手を行く非客商売向けのものだ。一言で言えば「怖い」に尽きるだろう。まず、必要以上に背が高い。恐らく、百九十センチ近くあって、小柄な和花と並ぶと大人と子供ほどのでこぼこぶりだ。

そして、顔が怖い。造りそのものは整っていると思うのだが、昆虫系とでも言うべき独特の顔立ちで、とにかく目つきが悪い。切れ長の目は、一瞥《いちべつ》されるだけで睨《にら》まれているような気分にさせられる、迫力あるものだ。その上、犀川さんはいつも着物を着ているので、かなり人目を引く。

江戸小紋に角帯を締めた犀川さんの手に握られているのが、アイスクリームを練る為のディッパーではなくて、出刃包丁辺りだったら、まだしっくり来るのかもしれないが…。

神妙な思いで見ていた俺の視線に気付いた犀川さんが顔を上げる。

「何か？」

「…いえ」

何でもありません…と首を横に振り、伝票とお茶のポットを手に客席へ向かった。お茶のお代わりを注いで回っていると、二人連れの若い女性客が「あの」と声をかけて来た。

「今日は…着物の男の人って、いないんですか？」

「……」

着物の男と言えば、犀川さんのことだろう。和花よりも若いかもしれない女性客がどうして犀川さんがいるかどうか気にしているのか。犀川さんはあの風貌だから、出来るだけ調理場にいるけれど、時には客席に出る場合もある。しかして、偶然犀川さんに出会《でくわ》してしまい、その時の恐怖があって確認して来ているのだろうか。

そんな想像を浮かべたものの、女性客の表情に恐怖めいた感情はない。逆に期待に満ちているように感じられ、俺は怪訝《けげん》な思いで答えた。

「調理場にいますが…」

「あの方がオーナーさんなんですか？」

「いえ。オーナーは女性の…」

「じゃ、あの方は？」

「……。手伝いです」

犀川さんは従業員というのも、アルバイトというのとも違う。なんて言えばいいか分からず、ざっくりした答えを返した俺に、女性客はあり得ない問いかけをして来た。

「後で、一緒に写真撮って貰《もら》うとか、お願い出来ませんか？」

「………」

写真だと？　啞然《あぜん》とする思いで目を見開いた俺に、女性客は「駄目ですか？」と上目遣いで聞いて来る。いや…、その、駄目とかそういう問題ではなく…。

「……聞いて来ます」

あり得ん！　と内心では強く思ったものの、二人の期待に満ちた視線に負けるように、そんな答えを返していた。信じがたい事態に遭遇し、衝撃を受けながら調理場に戻ろうとする背後から、「やだ、やばい」だの「緊張する〜」だの黄色い声が聞こえる。

これは一体、何が起きているのか。慌てて調理場に駆け込んだ俺は、手前にいた和花を「おい」と呼んだ。

「今、客がおかしなことを頼んで来たんだが…」

「おかしなこと？」

「犀川さんと…一緒に写真が撮りたいって」

おかしなことと言ってしまった手前、犀川さんに聞こえないよう、声を潜めて伝える。和花も驚くに違いないと思っていたのだが、意外な反応が返って来た。

「また？」

「また…って、前にもあったのか？」

「うん。何度かね」

嘘だろう？ 困ったように肩を竦《すく》めて答える和花に、理解の追いつかない俺は激しく首を振ってみせる。だって、犀川さんなのだ。昭和の頃にあった任俠《にんきよう》映画にヤクザのヒットマンとして出て来そうなくらい、目つきの悪い犀川さんなのだ。イケメン店員なんかでは決してない。

ありえなくないか？　と俺が言おうとした時だ。和花の背後から犀川さんがぬっと顔を出した。

「どうかしましたか？」

やっぱりあり得ない。改めて見た犀川さんは若い女性が好みそうな外見からはほど遠く、困惑に眉《まゆ》を顰《ひそ》める俺に代わって、和花が説明する。

「お客さんが犀川さんと写真が撮りたいんだって」

「お断りします」

間髪入れずに答える犀川さんに迷いはない。なんだと言わんばかりの素っ気なさで、仕事に戻る犀川さんを苦笑して見た和花は、自分が代わって断って来ると言った。無愛想な俺では角の立つこともあるだろうから、「すまん」と詫《わ》びて対応を任せる。

客席に向かった和花を暖簾《のれん》の隙間から窺《うかが》っていると、写真撮影を頼んで来た二人はとても残念そうだった。全く、分からん。理解不能なことが多すぎると溜《た》め息《いき》を吐き、犀川さんから出来たと告げられたパフェを客席へと運んだ。

おやつ処みなとの営業は午後十二時半から六時半までで、六時半になると暖簾をさげて店じまいを告げる。大体、六時前には客足も途絶え始めるので、駆け込みの客がいない限り、七時過ぎには店を閉めて片付けをする。

店と自宅はドア一枚で繋《つな》がっており、店舗として使っている建物では、元々「湊《みなと》医院」という診療所を開いていた。湊医院は俺たちの父親の代まで続いた古くからの診療所だったが、事情があって十六年前に閉院した。俺か和花のどちらかが医者になれば再開も出来たのだろうが、それもなく、この先も使用することはないだろうからと改築したのだ。

二年前、和花から診療所だった建物を店にしたいと相談された時、一番心配したのはロケーションだった。一大観光スポットである鎌倉には甘味処が多くあり、数多《あまた》の有名店が犇《ひし》めく激戦区でもある。それに、うちは鎌倉といっても、これといった名所のない鎌倉山にあり、交通の便も悪い。こんなところまで観光客が来てくれるとは思えず、地元の人たちに利用して貰うにしても限界があるのではないかと心配したのである。

しかし、俺の心配は杞憂《きゆう》に終わり、おやつ処みなとは順調に軌道に乗った。今では週末になると行列が出来るほどの人気店となっている。和花の作るスイーツはどれも美味しいと評判で、犀川さんのアイスクリームもなかなかの高評価を受けている。

「そろそろ暖簾、仕舞うぞ」

「お願い」

時刻が六時半を過ぎたのを確認して、調理場の和花に声をかける。開店から四時過ぎくらいまで、空席を待つ客が絶えなかったが、五時を過ぎた頃から客足も落ち着いて来ていた。出入り口の前にかけてある暖簾を下げに行こうとすると、三人連れの客が席を立つ。会計を頼まれたので、先にレジで清算を済ませて、帰るお客さんの後ろから外へ出た。

「ありがとうございました。お気をつけて」

店の前には診療所を開いていた頃に駐車場として使っていたスペースが開けており、三台ほどの車が停められる。帰って行くのは祖母と母親、その娘という家族連れのようで、小豆《あずき》色の乗用車を駐車していた。

その運転席に娘が乗り込もうとしたところ、彼女のスマホが鳴り始めた。娘は母親と祖母にちょっと待って欲しいと言い、電話に出る。早くしてよ…と眉を顰める母親の横に立っていた祖母は、「美味しかったわ」と俺に声をかけてきた。

「近くのお蕎麦屋《そばや》さんには来たことがあったのだけど、こんな可愛らしい甘味処が出来てたなんて、知らなくて。いつからここで?」

「二年ほどになります」

「何処からか移転してらしたの?」

祖母の話を聞いていた母親の方に引っ越して来たのかと聞かれ、「いいえ」と首を横に振った。自宅を改築して店を始めたのだと説明した俺に、母親はなるほどと頷く。

「そうよねえ。いいところだけど、地価も高いでしょうし、お店をやるには向いているとは言い難いもの。じゃ、ずっとここに？」

子供の頃から住んでいるのかと聞かれ、「はい」と答えた。大学の時も、数年ではあるが勤め人だった時も、不便だと思いながらもうちを出たりはしなかった。三十三年、ずっと住んでいるのだと俺が言うのを聞き、祖母の方がはっとした表情になり、「じゃ」と口にした。

知ってるかしら…と、小首を傾げてどきりとするような問いを向けて来る。

「以前、この辺りに命を延ばせる先生がいるって聞いたことがあるのよ。そういう話、聞いてないかしら？」

「……」

どう答えればいいか迷い、戸惑いを浮かべた俺に代わって、母親が「何の話？」と説明を求める。祖母は母親の方を向いて、昔に聞いた噂話なのだと返した。

「延命医とか言ってね。命を延ばせる先生がいるって」

「どういう意味？　病気を治すんじゃなくって？」

「私も詳しくは知らないんだけど、命が延びるんだって聞いたのよ」

「やだ。怪しい話ね。そんなこと、出来るわけないじゃないの」

そんな風に二人がやりとりしている間に、動揺を収めることが出来た。母親から俺に視線を戻し、どうなのかと視線で聞いて来る祖母に、「分かりません」と言って首を振る。母親がやっぱりあり得ないと肩を竦めた時だ。ようやく電話を終えた娘が「ごめん」と謝る声が聞こえた。

「家に帰ってからすればいいでしょ」

「だって」

「ごめんなさいね。変なこと聞いて。また寄らせて貰いますね」

「…お気をつけて」

後部座席に乗り込む祖母にお辞儀し、駐車場を出て行く車を見送る。少し先にある市道へ向から車の音が聞こえなくなると、一つ溜め息を吐いて振り返った。すると。

「っ…！」

すぐ後ろに犀川さんが立っていて、息を呑《の》む。調理場にいたはずの犀川さんがいつの間にか外に出て来ていた。全く気付いていなかった俺が目を丸くするのを、犀川さんはいつもの無表情な顔で見て、「何か」と切り出す。

「言われたんですか？」

「……。…この辺りに命を延ばせる先生がいるっていう話を聞いたことがないかと、尋ねられたんですが…」

「なんと？」

「分かりませんと」

どう答えたのか確認する犀川さんに、小さく首を横に振って告げる。犀川さんは怒っているようにも見える、無表情な顔のままで「そうですか」と相槌《あいづち》を打った。

犀川さんは、暖簾を下げに出た俺がちっとも戻らないのを心配して、様子を見に来たのか。それとも…俺が「命を延ばせる先生」について聞かれているのを察して出て来たのか。普通なら店の中から外で交わされていた話を聞けるはずがないけれど、犀川さんにはたぶん、可能なのだ。

だって、犀川さんは……。

暖簾を下ろして店の中に戻ると、まだ客席は三分の一ほど埋まっていたが、俺は自宅の方へ戻ることにした。片付けは和花と犀川さんで出来るし、俺には夕飯作りという仕事がある。店用のエプロンを外して壁にかけ、台所へ続く廊下を歩きながら、晩飯の段取りを考える。

　幼い頃に母を亡くしたので、家事は何でもこなして来た。料理も得意と威張れるほどではないが、それなりに作れる。今夜はバターチキンカレーにしようと思っていたので、冷蔵庫を開けて材料を取り出しかけた時だ。

「湊ー。いるー？」

　玄関の方から聞き慣れた声がして、「おう」と返事をする。鍵《かぎ》がかかっていない限り、チャイムも鳴らさず、勝手に上がり込んで来るのは分かっている。取り立てて相手もせず、野菜室からたまねぎや生姜《しょうが》やらを出していると、「お腹空いた～」と訴えながら、深町《ふかまち》が姿を現した。

　深町は高校のテニス部で一緒だった古くからの友人で、今も定期的にうちに顔を出す。高校を卒業して、早十五年。未《いま》だに現れる深町は既に家族も同然の存在だ。肩にかけた重そうなバッグをどさりと床に落とし、ダイニングの椅子を引いて座ると、「ご飯、何？」と献立を聞いた。

「カレーだ」

「今から作るの？」

「今、店から戻って来たところだ」

店と聞いた深町は時計を見て時刻を確認する。土日などの忙しい時は俺が店を手伝っているのを知っているので、なるほどと頷《うなず》きながら立ち上がった。冷蔵室を開けた俺の横から覗《のぞ》き込み中を物色する深町に、余所《よそ》様の家の冷蔵庫だという遠慮は一切ない。

「なんかないの？　…お、ちくわがある。チーズも食べていい？」

「勝手に食え」

駄目だと言おうが狙いをつけた物は食べ尽くしていくと分かっている。諦《あきら》め半分で言い捨て、水切りヨーグルトに漬け込んでおいた鶏肉を取り出した。深町は興味深げにボウルを覗き込み、それは何かと聞いた。

「鶏肉だ。こうしておくと肉が軟らかくなる」

「へえ。湊って顔の割に芸が細かいわよね」

「顔の割ってなんだ」

顔が関係あるのかと眉を顰めて言う俺から逃げるように椅子に戻り、深町は床に置いたバッグからビールを取り出した。深町は名を麦《むぎ》といい、そのせいなのか、ビールが大好きだ。うちは誰も酒を飲まないので、いつもマイビールを持参して来る。

「仕事だったのか？」

「うん。真鶴《まなづる》の方に住んでるデザイナーさんと、今度出す書籍の打ち合わせ」

深町は出版社に勤める編集者で、雑誌の編集の仕事をメインにしているが、他にも書籍編集を手がけたりしている。土日も関係なく働いている仕事熱心さには頭が下がるが、その分だけ、女子力も落ちていってるように思うのは気のせいじゃないだろう。

それなりに美人な方だと思うのに、深町には男の影がちっとも見えない。影どころか、冷蔵庫から盗んだちくわの袋を破き、そのまま咥《くわ》えてビールを飲む姿は既に男に近い。皿くらい使えという俺の注意など、全く耳に届いてない様子の深町は「そうだ」と声を上げる。

「和花ちゃんと犀川さんにお願いがあるのよ」

「…和花と犀川さん？」

その二人の取り合わせからして、店に関することだろうかと想像がつくが、お願いというのが分からない。不思議に思って何の用だと聞く俺に、深町はビールをぐびりとやって、困ったことを言い出した。

「うちの編集長が和花ちゃんのお店に興味を持ってね。ページくれるって言うから、取材させて欲しいなって」

「…それは…喜ぶだろうが…どうして犀川さんが？」

犀川さんは和花を手伝っているが、共同経営者というわけでもない。取材を受ける受けないを決めるのは和花だし、犀川さんだって口は挟まないだろう。裏方に徹しているのを深町だって知っているはずで、なのに、わざわざ犀川さんの名前を出すのには理由がある気がした。

そんな俺の予想は当たり、深町は犀川さんそのものに話題性があるのだと説明した。

「和花ちゃんの作るおやつはどれも美味《おい》しいって評判になってるんだけど、中でもパフェのアイスが絶品だって言われてるの。偶々《たまたま》、編集部の子で和花ちゃんのお店に来た子がいて、その時、犀川さんがパフェを出してくれたみたいで…ほら、犀川さんってあの外見だから、すごく驚いたみたいでね」

「だろうな」

「私の知り合いの店だって言ったら、あの人は何者なんですかって聞かれて…」

「なんて答えたんだ？」

それには興味があり、たまねぎを微塵《みじん》切りしていた手を止めて深町を振り返る。深町は困ったような顔で肩を竦《すく》めた。

「湊の家に昔からいる人だって」

「……。なるほど」

「お手伝いさんって…いうのもねえ。ちょっと」

深町が悩む意味は理解出来て、俺は頷いてから再び深町に背を向けて微塵切りを続ける。

「昔からいる人」という深町の答えは簡潔かつ、的を射たものだろう。

犀川さんは和花が産まれた時からうちにいて、家のことを手伝ってくれている。だから…つまり、世間的にはお手伝いさんのような役割を担っていることになるのだろうが、実際は違う。犀川さんはどうしてうちにいるのか。本当の理由を知っているのは…今は俺だけで、和花は知らない。深町にも本当は何者なのかと追及されたことがあるが、俺もよく知らないのだという答えでごまかした。

「…で、犀川さんのビジュアルと、おやつ処って店の内容がミスマッチで面白いんじゃないかって話になったのよ。だから、お店と併せて、和花ちゃんと犀川さんについても取材出来たらって思うの。ほら、うちはストーリーを重視した誌面作りが信条ですから」

深町が携わっている雑誌では、ナチュラル志向の女性向けの、衣食住をテーマにした記事を多く扱っている。オーガニックだの、マクロビだの、俺にはよく分からない独特の世界が繰り広げられているものの、取材対象に対し、真摯《しんし》に向き合った内容であるのは知っている。

だから、興味本位でミスマッチと言ってるわけではないのは分かるのだが…。犀川さんを記事にするというのは問題がある。その辺りをどうやって深町に納得させたものかと考えていると、店に続く廊下の方から和花の声がした。

「あ、麦ちゃんだ！　いらっしゃい」

「お邪魔してまーす。犀川さん、こんばんは」

和花の後から入って来た犀川さんに、深町は丁寧に挨拶《あいさつ》する。犀川さんも「こんばんは」と丁寧に挨拶し、頭を下げた。

「柚琉さん、洗濯物は入れましたか？」

「あ、まだです」

「では、私が」

ついでに風呂《ふろ》も入れてくると言い、犀川さんは台所を出て行く。犀川さんは家のことを何でも細々やってくれるが、料理だけは任せられない。大きな問題を抱えている犀川さんを台所に立たせたりしたら、俺たちが後悔しなくてはいけなくなるのだ。

犀川さんの姿が消えると、深町は和花に取材の件を切り出した。深町の雑誌の愛読者でもある和花は、快く取材を受けると返事したけれど、犀川さんも一緒にというリクエストには困った顔になった。

「それはちょっと…どうかなあ。犀川さんが厭《いや》がるかも」

「悪い風には絶対書かないわよ。それに犀川さんのビジュアルって、怖可愛いっていうか、今時の女子的にはいけてるんじゃないかって」

「怖可愛い」

深町が口にした単語は日本語としては成立していなかったが、なるほどと思わせるものだった。「怖可愛い」という感覚は俺には到底理解不能であるものの、今日、写真撮影を頼んで来た女性客はそのような心理を抱いていたのではないか。

フライパンに溶かしたバターでにんにくと生姜を炒《いた》めながら「怖可愛い」と繰り返した俺に、深町は不思議そうに「何よ？」と尋ねる。犀川さんと写真撮影を希望する客がいて驚いたのだと話すと、「でしょ」と鼻息荒く返して来た。

「犀川さんのビジュアルは来てるんだって」

「来てるって、何が？」

「波よ、波」

なんだそれ…と呆《あき》れつつ、香りの立って来たフライパンにたまねぎの微塵切りを投入する。丁寧にたまねぎを炒めた後、トマトの水煮缶と漬け込んでおいた鶏肉をヨーグルトごと加えた。水は一切使わず、トマトの果汁だけで煮込んでいく。

しかし、犀川さんを怖可愛いだなんて。フライパンに蓋《ふた》をしてから、深町が初めて犀川さんと会った時のことを思い出していた。あれは高一の夏休みだったか。初めてうちを訪ねて来た深町は、応対に出た犀川さんを前にフリーズしてしまい、一言も発せなかった。出会った時から口の減らない女子だと呆れ半分でいた深町の反応は、俺にとっては見物だった。

そんなことを思って深町を振り返ると、俺の考えていることが読めたらしく、ばつの悪い表情になる。

「…仕方ないでしょ。まだ高校に入ったばかりの、うら若き乙女だったのよ。シリアルキラーでもおかしくないような顔つきの、あんなでっかい人が着流し姿でいきなり出て来たら、固まるでしょう。普通」

「何も言ってないぞ」

「顔に書いてある」

他人とは言え、十五年以上もつき合いがあると、互いの腹の内がある程度読めてしまうものだ。鼻息つきで俺の顔を指さした深町だったが、突然、「柚琉さん」と俺の名を呼ぶ犀川さんの声が背後から聞こえたものだから、椅子に座ったまま飛び上がった。

「っ…！」

「…どうかしましたか？　深町さん」

「な、何でもないです！　何でもないです！」

深町には初対面の時のトラウマがまだ残っているらしく、今も犀川さんの前では行儀よくするのだ。それなのに、本人のいないところで怖可愛いだのほざいていたのだから、慌てるのも無理はない。犀川さんは深町の動揺振りを気にする風でもなく、俺に洗濯物の片付けと風呂の掃除が終わったと告げた。

「食事の支度は…」

「もうすぐ出来ます」

「では、食器を用意します。深町さんは食べていかれますか？」

はい…と答えて小刻みに頷《うなず》いた深町は、隣に座る和花に小声で耳打ちした。犀川さんへの取材交渉を和花に任せようというのだろう。和花は戸惑い顔になったが、長いつき合いの深町の頼みを断れず、「犀川さん」と声をかけた。

「何ですか？」

「あのね、麦ちゃんが…うちのお店を取材して、載せてくれるそうなんだけど…、犀川さんにも取材したいって…」

「私が雑誌に載るということですか？」

「うん」

「お断りします」

写真撮影を断った時と同じく、犀川さんは迷う素振りすら見せず即座に断った。俺が心配する必要などなかったかと、内心で安心しつつ、火にかけているフライパンの具合を見る。いい具合に煮えているのを確認し、刻んでおいたカレールーと、バター、自分で配合しているカレー粉を加えて仕上げにかかる。背後では深町が勇気を振り絞って、犀川さんに交渉を始めていた。

「犀川さんのご迷惑になるような形では記事にしませんから…」

「おやつ処みなとは和花さんのお店で、私はただ多少の手伝いをしているだけです」

「でも、犀川さんのアイスクリームは評判ですよ」

「だとしても、それも全て和花さんのお陰です。記事にするなら、和花さんの作るおやつの美味しさをたくさん書いてあげて下さい」

犀川さんはどんな時でも無表情だ。笑えるような場面でも、哀しむような場面でも。強《こわ》面《もて》の無表情で返される淡々とした答えに、深町は対抗する言葉を失くし、結局、「分かりました」と折れるしかなかった。

残念そうな深町に、和花が「ごめんね」と謝ると、犀川さんは「どうして」と尋ねる。

「和花さんが謝るんですか？」

「だって」

「断ったのは私で、和花さんではありません。私が断ったことで深町さんに迷惑をかけたという意識があって謝っているのなら、謝るべきは私です。申し訳ありません、深町さん」

「い、いえ、その…」

「よし、出来た！」

背後に妙な雰囲気が漂い始めたのを察し、わざと声を張ってカレーの完成を告げる。ご飯をよそって欲しいと犀川さんに頼み、和花にはスプーンを出すように命じた。深町にはテーブルに散らかしたちくわやらチーズやらの包み紙を捨てるように言うと、三人はそそくさと動き始める。全く、犀川さんは「触れるな危険」だと、いい加減分かって欲しいものだと思って、心の中で溜《た》め息《いき》を吐いた。

犀川さんは何でも出来る。洗濯、掃除、裁縫、庭仕事。家事なら何でも万能な犀川さんが、唯一得手としないのが、料理である。ただ、犀川さんの名誉の為につけ加えるならば、犀川さんは料理が出来ないのではない。して欲しくないのだ、俺たちが。

なぜなら。

「………」

俺の向かい側に座った犀川さんは自分のカレーに向けて銀色の円筒型の容器を傾ける。容器から流れ落ちる赤い粉は、あっという間に茶色のカレーを赤く染めていく。その正体は唐辛子の中でも特に辛い、ハバネロだのジョロキアだのとかいう強烈な代物の粉末で、通常の人ならひと舐《な》めで悶絶《もんぜつ》するような辛さである。

そう。犀川さんは味覚異常者なのだ。いや、異常者というのは語弊があるかもしれない。味覚にも個性があり、それぞれを尊重すべきだと分かっている。とにかく、俺がお伝えしたいのは、犀川さんに料理を任せると辛くて、俺たちには食べられた代物ではなくなるということだ。

だから、俺も和花も、犀川さんに料理は任せない。そんなことをしたら、自分たちが食事にありつけなくなる。俺たちが作ったものに、犀川さんに独自のアレンジを加えて食べて貰《もら》う。それが一番なのだ。

折角作ったバターチキンカレーが…とか、バターのこくとトマトの酸味を味わって欲しいのに…とか、嘆いてはいけない。

「いつもながらに…すごいかけっぷりですね…。犀川さん、辛くないんですか？」

「いいえ。美味《おい》しいです」

「犀川さん、辛いものと甘いものしか食べないもんね」

苦笑した和花が言う通り、犀川さんの味覚は極端に振り切れている。まだマシなのは甘いものに関する味覚は和花と同じくらい繊細で、敏感だというところだろうか。おやつ処の手伝いとしては必要な条件だ。

「湊。このカレー美味しいわ。あんたって、本当に料理は上手よねえ」

「料理は、ってなんだ。は、って」

カレーの付け合わせとして出したかぼちゃサラダも美味しいと言い、深町はもりもり食べ、三本目のビールを開ける。褒められるのは嬉《うれ》しいが、正直、立場が逆なんじゃないかという思いもある。深町はうちに来る度、飯を食って行くが（飯を食べに来ているという噂もある）俺は深町の手料理を食べたことはない。

「ん？　このかぼちゃサラダ、レーズンと…ナッツ系のも入ってる？」

「砕いたアーモンドを入れてある」

「なるほど。香ばしくていいね」

かぼちゃサラダは店の手伝いに入る前に作り置きしておいたのだ。かぼちゃは種とわたを取り除き、皮を剝《む》いて、さっと水に潜《くぐ》らせてから耐熱容器に入れてレンジにかける。その間に、アーモンドを砕いて、チーズを細かくちぎる。チーズは堅めのプロセスチーズがいい。

柔らかくなったかぼちゃは潰《つぶ》して、マヨネーズで和《あ》える。それにアーモンド、チーズ、レーズンを混ぜれば出来上がりだ。さほど手間もかからないので、自分で作ったらどうかと深町に勧めると、直飲みしている缶を置き、大きく手を振った。

「いい。ここで食べる」

「……」

いやいや。もうちょっと女子として…と言いかけたがやめた。自分本位の言い訳が山のように返って来るのは目に見えている。バターチキンカレーにかぼちゃのサラダという夕飯を食べ終えると、後片付けを犀川さんと和花に任せ、俺は深町を送る為に一緒に家を出た。

「あ～明日《あした》は月曜か～。朝一で出なきゃいけないんだよねえ」

「ああ、そうか。月曜だな」

「自営業は暢気《のんき》よねえ」

何気ない発言に、俺の顔が微《かす》かに強張ったのに気づき、深町は「ごめん」と詫《わ》びる。謝らなくてはいけないのは、旧友に気遣わせてしまうような現状から抜け出せない俺の方だ。それに修行が足りないという自覚もあり、小さく息を吐いて深町の前に立ち、玄関の引き戸を開けた。

「暢気な暮らしをしてるのは事実だ。深町が詫びる必要はない」

「だから、ごめんって。単純な話じゃないのは分かってる」

「……」

「書いてるの？」

窺《うかが》うように聞く深町に答えず、先を歩き始める。玄関から門扉まで続く石貼りの延段を歩き、古びた格子戸を開けた。門前を通る細道は車一台がやっと通れるほどの幅しかなく、うちの向こうには家がないので、行き止まりとなっている。庭と細道を区切る生け垣に沿って下れば、市道に繋《つな》がる道路に出る。

家の南方を走る市道には鎌倉駅まで行ける路線バスが通っている。そのバスで帰る深町の為に、市道を目指して黙々と足を進め、後ろをついて来る足音を聞きながら、「書いてるの？」という問いかけに対する答えを、心の中で探していた。

本当は随分長いこと、らしいものは書けていない。だが、唯一の収入源である雑誌の連載エッセイの原稿は落とさずに続けている。だから、「書いている」と答えるべきか。でも、それは深町の問いかけに対する答えとしては、正確さを欠くものだろう。

俺は二十五の時、とある文学賞の新人賞を受賞し、作家としてデビューした。しかも、その作品が日本では指折りの著名な賞を受賞したので、一躍時の人となった。当時、勤め人だった俺は行き詰まっていた仕事を辞め、専業作家となった。

だが、幾ら大きな賞を受賞したからといって、それだけで作家として永続的にやっていけるほど、世の中は甘くない。二作目の本は売れず、三作目も芳しい結果を出せなかった。そうしている内にあっという間に依頼は来なくなり、今ではほぼ、無職のようなものだ。

市道に出ると鎌倉駅方面のバス停に向かって、一列に並んで歩いた。一応、二車線の市道なのだが、道幅は狭く、バスが行き違うのもやっとなところも多い。ところどころ、歩道のある場所もあるものの、うちの辺りにはなくて、道路の端っこを後ろからやって来る車に気をつけながら歩いていかなくてはいけない。

深町はバスで十五分ほどの御成町《おなりまち》に住んでいる。距離的には比較的近いものの、バスの本数は少なく、土日は九時台には終わってしまう。終バスに間に合うように出て来たつもりだったが、大丈夫かなと考えていると、深町が後ろから独り言みたいに話しかけて来た。

「今月号のエッセイ読んだよ。天草を拾いに行った話」

「…そうか」

「面白かったよ。食べ物にまつわるエッセイとか、続けて書いてみる気ない？　湊、料理得意なんだし。そういうのが書けたら、うちの雑誌でも…」

「深町」

俺の為を思って言ってくれているのは分かるが、そういう器用なことが出来ないから、こうなっているわけである。つまり、小説を書いていると言いながらも、家にいるだけで取り立てて何もせず、妹が始めたおやつ処の手伝いに駆り出されるという毎日を送っているわけなのだ。

溜め息交じりに名前を呼ぶと、深町は息を呑《の》んだように途中で話すのをやめる。またごめんと謝られそうだったので、その前に「ありがとう」と礼を言った。

「気を遣わせてすまん」

「……」

俺としては先に謝ることで殊勝な態度を示したつもりだったのだが、背後から感じるのは不満を含んだオーラだった。気になって振り返って見れば、深町は眉《まゆ》を顰《ひそ》めて明後日《あさって》の方を見ており、俺と目を合わせようとしない。どうして深町が機嫌を損ねたのか分からず、俺は前に向き直ってバス停を目指した。

バス停に着いても深町は黙ったままで、気まずいような雰囲気が流れていた。俺は相変わらず、何がいけなかったのか分からず、仕方なく、ごまかそうとして時刻表を見る。終バスの時刻はとうに暗記しているのだが、腕時計も携帯も持っていない俺には生憎《あいにく》現在時刻が分からなかった。

よって、あとどれくらいでバスが来るのか見当がつかずに、途方に暮れた気分で小さく息を吐く。すると、隣に立った深町が自分の腕時計を見て、「九時十分よ」と教えてくれた。

「……」

現在時刻が分からないという事実を口にせずとも、僅《わず》かな所作だけで見抜かれたようだ。ばつの悪い気分で、もごもごと引き算した時間を口にする。

「あと、三分だ」

「……」

「…深町」

「なに」

「怒ってるのか？」

ついでに「どうして？」と聞きたかったが、それを付け加えれば、火に油を注ぐと分かっている。それとなく聞いた俺に、深町は大きな…八つ当たりのようにも感じられるほどの…溜め息を吐き、「別に」と答えた。

いや、「別に」という態度じゃないだろう、それは。何に怒っているのか、はっきり言ってくれればこちらも対処のしようがあるものの、原因が分からない以上、どうすることも出来ない。太鼓持ちのように深町の機嫌を直すべく、好みそうな会話を提供するという選択もあろうが、生憎、俺の性格には向いていない。

うらむ。つまり、あと三分…いや、二分くらいに減ったか。その間、堪え忍ぶしかないわけか。二分くらい、すぐに過ぎる。星でも見ていようと思い、空を見上げた時、深町が唐突に話し始めた。

「西村《にしむら》、覚えてる？」

「…ああ」

共通の知人で西村という名を持つのは一人だけだ。高校時代、同じテニス部に所属していた女子の顔を思い出しながら、あの西村かと確認する俺に、深町は頷《うなず》く。

「結婚するんだって」

「へえ」

「湊にも二次会に来て欲しいって言ってるのよ」

「……」

めでたい話だと思ったのも束の間、厄介な誘いを受けてしまい、言葉が継げなかった。

無言に陥った俺を、隣に並び立つ深町はちらりと見て、西村が俺を誘って来た事情を伝える。

「結婚相手が角田《かくた》なのよ。それで…湊も面子《めんつ》に入れたいって、二人が」

「角田って…あの、角田か」

「そう」

角田は西村と同じく、テニス部だった男で、俺にとってもよく知る相手だ。背は低めだが、ガタイがよく、モンキーテイストに溢《あふ》れた面相だった。親しみやすい人の良さがあって、後輩からも慕われていた覚えがある。

しかし、よく知る…と言っても高校時代の話で、大学は別だったからずっと会っていないし、今は何をしているのかも分からない。西村の方だって…確か、何年か前に深町と一緒にいるところを見かけた程度だ。

同じ部活動の仲間だったというだけで、二人ともと、今は何の接点もないのだ。それに、俺には昔の知り合いに会いたくない事情がある。とても参加する気にはなれず、息を吸って「深町」と呼びかけた。

俺が断ることを深町は話す前から分かっていたのだと思う。悪いが…と断りを入れようとする俺の言葉に被《かぶ》せるように、「幹事は」と続けた。

「津守《つもり》なの」

「………」

津守と聞いた途端、俺はフリーズした。津守は高校時代からの悪友で、その名前はとうに聞き飽き、顔も見飽きている。いまだにうちを訪ねて来ては勝手に上がり込み、我が物顔でのさばる津守は、深町同様、家族同然のような存在である。

だから、この場合、俺が驚愕《きょうがく》したのは「津守」という名前ではない。「幹事が津守」だという事実だ。

「つ、津守が、か、幹事だと!?」

衝撃が大きすぎ、確認する声はひっくり返ってしまっている。激しく動揺している俺に、深町は肩を竦《すく》めて返した。

「自分からやるって言い出したらしいわよ」

「ちょ、ちょっと待て、深町。西村も角田も分かってるのか？　津守だぞ？　津守なんだぞ？　津守に幹事なんて……！　……いや、すまん。俺の勘違いか？　津守違いか？」

余りにもあり得ない話過ぎて、途中ではっとした。もしかすると、俺が考えている「津守」ではなく、違う「津守」なのかもしれない。そんな妄想すら生まれて、ぶるぶると首を振る俺を、深町は冷たい目で見る。

「あの津守よ。他に津守なんているわけないじゃない」

「だったら…!!」

幹事なんて無理に決まってるじゃないかと、声高に続けようとした時だ。深町の向こうに一際明るい光が見える。バスのヘッドライトに違いなく、深町もそれに気付いて振り返る。肩にかけたバッグからパスケースを取り出した深町は、バスに乗る準備をしながら「だから」と続けた。

「あとは津守と話して」

「待てぃ！　あとは、ってどういう意味だ？」

「だから～二次会についてよ」

食い下がろうとする俺に、深町はめんどくさそうに返す。いかん。このままでは押しつけられてしまう。そんな予感が生まれ、必死で「知らんぞ、俺は知らんぞ！」と繰り返してみたものの、深町の方が厚顔に出来ている。

停車したバスのドアが開くと、「深町！」と呼びかける俺に、「よろしくね」と一方的に言い、さっさと乗り込んでいく。俺は知らないからな！　と訴えてみても、深町の表情を見る限り、聞いていないのは明らかだった。

「っ……!!」

よろしくねじゃないぞ！　と叫ぶ俺に、深町はにこやかに窓の向こうから手を振ってみせる。バスが発進すると、その姿はあっという間に見えなくなった。くそう！　これって、押しつけられた形になってるのか？　なってるんだよな？　そんな確認は誰にも出来ず、地団駄を踏むしかなかった。

　これはどう考えても計画的犯行だ。深町は俺が昔の知り合いに会うのを拒んでいるのを知っている。二次会へも行かないと言うのが分かっていたはずだ。それなのに、敢《あ》えて、二次会への参加を求めて来たのは、津守が幹事だという情報を伝える上での流れだったに違いない。

　自分が聞いてしまったその重大な事実を俺に振って…要するに、この一大事を俺に押しつけようという魂胆で、敢えて、別れ際に話を切り出したのだ。本来なら、「大変よ！」と駆け込んで来てもおかしくないほどの、ハイレベルなトラブルである。

　どうやったらすんなり押しつけられるかと考えた上での犯行に違いなく、舌打ちするしかなかった。してやられたとはこのことだ。今頃、深町は俺に押しつけられたと安堵《あんど》し、尚且《なおか》つ、ほくそ笑みながら勝利の味を堪能《たんのう》しているに違いない。

　考えるほどにむしゃくしゃして、頭を掻《か》きながら、吠《ほ》えたい衝動を堪《こら》えて歩き始めた。どうしたものか。深町は俺に押しつけたつもりかもしれないが、俺は引き受けたつもりはない。俺には関係ない話だときっぱり断ち切って、無視すれば…。

「柚琉さん」

腕組みをして考え込みながら歩いていた俺は、背後から呼ばれて足を止めた。振り返れば、犬のリードを手にした犀川さんが立っていた。

犀川さんが連れているのはうちで飼っている犬で、名をマカロンという。マカロンと言えば、カラフルで可愛らしいフランス菓子だが、犬そのものは和犬である。恐らく、柴犬《しばけん》。恐らく、五歳くらい。

恐らく…というのは、マカロンは公園に捨てられていたところを保護された犬なので、いつ生まれたのかも分からないからだ。

「何処へ?」

「…あ……」

不思議そうに聞かれ、自分が家への曲がり角を過ぎていたのを知る。考え事に夢中になると周囲が見えなくなるのは俺の悪い癖で、照れくさい気分で犀川さんの方へ引き返した。

「帰ったら、散歩に行こうと思ってたんです。俺が行って来ます」

「そうですか。では」

散歩を代わると申し出た俺に、犀川さんはマカロンのリードとマナーバッグを差し出す。

俺がリードを握ると、途端にマカロンは嬉《うれ》しそうな顔つきになり、尻尾《しっぽ》をぶんぶん振った。

散歩の相手が犀川さんから俺に代わったのを喜んでいるに違いない。

というのは、俺のひいき目ではない。実際、マカロンはどんなにはしゃいでいる時でも犀川さんが近づくだけでびくっとし、ひれ伏すようにおとなしくなるのだ。マカロンだけでなく、道などで出会《でくわ》すよその犬も同じで、逆に、やたら犀川さんに吠えかかって来る犬もいる。

たぶん、犬に残っている野生の本能が、違和感を察知するのだろう。

犀川さんは人間の姿をしていても、人間ではない、ということを。


マカロンは昼間、玄関先の犬小屋で過ごしているが、夜は家の中に入れる。散歩を終えて家に戻ると、玄関先で足を拭《ふ》いてやった。マカロンは廊下に置かれた自分の寝床へ行き、そこで丸くなる。その横に置いてある水入れの水を替えてやろうと思い、器を手に振り返ると、廊下の暗がりに犀川さんが立っていた。

「っ……！」

犀川さんとは五歳の頃から一緒に暮らしているけど、こういう時は未《いま》だに驚いてしまう。

犀川さんは夜の闇の中だと、凄《すご》みを増すのだ。闇に溶けているみたいな影がゆらりと動き、近づいて来た犀川さんは無表情なまま、挨拶《あいさつ》する。

「先に休みます」

「あ…はい。お休みなさい」

俺がマカロンの散歩に行ってる間に犀川さんは風呂《ふろ》に入ったらしく、寝間着代わりの浴衣《ゆかた》姿だった。犀川さんは寝る時もパジャマなどは着ない。和服に徹しているのはポリシーがあるからではなく、それしかないからだ。

犀川さんはうちにやって来た時、着替えなどを持っていなかった。いつも同じ姿でいるのを見かねて、祖父が自分の着物を着るように勧めた。父は俺と同じくらいの身長だったから、長身の犀川さんとはサイズが違い過ぎた。

その点、大正の生まれにしては異例の大男だった祖父の着物は、少々寸足らずではあったものの間に合った。祖父が亡くなった後、犀川さんは着物を全て譲り受け、今も着ている。

紺地の浴衣姿で自分の部屋へ向かう犀川さんの背中を見つめ、小さく溜《た》め息《いき》を吐く。鴨居にぶつかりそうな長身が暗がりの中へ消えていくような錯覚がして、犀川さんが初めて現れた時を思い出した。

犀川さんが俺の前に現れたのは、和花を産んで間もなく亡くなった、母の葬儀の最中だった。通夜が終わって夜も更けた頃、縁側に座って庭を眺めていた俺の前に、犀川さんは唐突に現れた。夜の闇から生まれたみたいに。

そして、俺に言ったのだ。

「あなたを監視しに来ました」

それからずっと、俺は犀川さんに「監視」されている。闇から生まれた「死に神」である、犀川さんに。


犀川さんは人間じゃない。人間らしからぬ風貌《ふうぼう》をしているという意味ではなく、本当にヒトではない。そう教えてくれたのは俺が八歳の頃に亡くなった祖父だ。父も犀川さんが人間じゃないと知っていたが、俺が十七の時に蒸発してしまったので、今その秘密を知っているのは俺だけだ。和花は何も知らない。

犀川さんを「死に神」と呼んだのは祖父だ。祖父が犀川さんを「死に神」と呼んだのは、同じような存在を前にも目にしていたからだった。祖父の母…俺にとっては曾祖母《そうそぼ》に当たる人も、同じように「監視」されていたらしい。家族でもないのにずっといるのは何故なのかと祖父が聞くと、曾祖母は「あれは死に神だ」と答えたのだと言う。

ただ、それは呼び名であって、一般的に理解されているような死に神とは違うのだとも、祖父は言った。死に神というと、死の間際に現れて命を奪っていくようなイメージがあるが、うちにいる死に神は違う。どちらかと言えば、「生き神」なのかもしれない。そう言って、苦笑した祖父は、曾祖母から託されていた湊の家にまつわる特殊な事情を、他にも色々と教えてくれた。

お前は全て知っておかなくてはいけないからと言って。

風呂に入っている間も深町に押しつけられた面倒ごとが頭の中を支配していた。どうせ二次会になど出席しないのだし、関係ないと無視することは出来る。しかし、俺がそういう態度に出てしまったらどうなるのかと想像してみると、恐ろしい考えしか浮かんで来なかった。

布団に入っても想像がやめられず、結果、眠れなくなった。布団の中で悶々《もんもん》とした時間を過ごし、ようやく眠りについたのは明け方で、なし崩し的に起床が遅くなった。

「……」

はっと目を覚まして時計を見れば九時を過ぎていて、勤め人の深町が「暢気《のんき》よねえ」と呆《あき》れた声が耳に蘇《よみがえ》る。客観的に考えれば、寝過ごしたところで慌てる必要もない生活を送る俺が、面倒ごとを引き受けるべきなのだろうが…。

朝から深い溜め息を吐きつつ布団を仕舞い、台所に行くと、和花と犀川さんは既に朝食を済ませたようで、俺の支度だけが残されていた。二人の姿は見えないから、たぶん、店で仕込みをしているのだろう。

洗面所で顔を洗ってから、和花が作っておいてくれたハムエッグと味噌汁《みそしる》を温めた。一人の朝食を手早く済ませてしまうと、後片付けをして、風呂場《ふろば》に向かう。洗濯をしようと思ったのだが、犀川さんが済ませてくれたようだった。

じゃ、掃除でもしようと思い、縁側に出たところ、庭に犀川さんの姿があった。

「犀川さん」

「おはようございます」

箒《ほうき》を手に振り返った犀川さんに、掃除機をかけましょうかと言うと、それも済ませたという返事がある。

「あとは柚琉さんの部屋だけなので、そちらをお願い出来たら」

「はい…」

明け方にかけてすっかり熟睡していたらしく、掃除機の音も全く気付かなかった。おやつ処みなとの定休日は水曜で、月曜の今日は和花も犀川さんも店がある。店の営業日は二人を助ける為にも、家のことは全部やろうと思ってはいるのだけれど…。

役に立たない自分に溜め息を吐きつつ、縁側に腰を下ろした。庭掃除の手伝いは必要ないかと聞くと、犀川さんはもうすぐ終わりますと答えた。

うちの庭は平成の御代《みよ》には贅沢《ぜいたく》に思われるくらいの和風庭園というやつで、植栽も多い上に、家の裏は山という立地の為、手入れを怠ると荒れ放題になってしまう。秋を迎えた今は落ち葉が多く、毎日掃き掃除が欠かせない。着流し姿で箒を手に落ち葉を掃く犀川さんを見ながら、背中を丸めてどうしたものかとつらつら考えていると、ふいに風が吹き抜けた。

はっとして姿勢を正すと、犀川さんの傍で小さなつむじ風が起こっていた。掃き集めた落ち葉がくるくる回りながら舞い上がっている。

あれは…。

犀川さんは箒を動かすのを止め、しばし足下のつむじ風を見つめた後、ゆっくり俺の方を向いて言った。

「今夜、お客があるようです」

「………」

無表情な顔で告げられた内容に「やっぱり」という思いを抱いた。犀川さんの傍で起こるつむじ風は「お客」が来るのを報《しら》せる予兆だ。「お客」とは、ただ単に来客があるという意味じゃない。躊躇《ためら》いを浮かべる俺から視線を外し、犀川さんは何事もなかったかのような顔で掃き掃除に戻る。

「お客」が来るのは久しぶりだ。悪いことは重なるというが、深町が残していった厄介ごとのせいで、頭を悩ませているこんな時に来なくても…。項垂《うなだ》れたままうだうだ考え込んでいる内に、いつの間にか犀川さんは掃き掃除を終えていた。

「柚琉さん」

「っ…」

突然呼ばれたような気がして、驚いて息を呑《の》む。ぼんやりしていた俺が慌てて顔を上げると、犀川さんが目の前に立っていた。

「庭の掃除が終わりましたので、店で和花さんを手伝って来ます」

「あ…ああ、はい。分かりました…」

しどろもどろに返事する俺を置いて、犀川さんはさっさと縁側から上がって店の方へ向かう。無職同然のその日暮らしでも、厄介ごとが面倒なのに変わりはない。零《こぼ》れた溜め息は深く、頰杖《ほおづえ》をついて眺めた庭には、再び舞い落ちた枯れ葉が模様を作っていた。

ところで、結婚式というのはいつなのか。全く縁がないから分からないが、一般的には春に多いと聞いた覚えがある。となると、来年か…と考え、それまでに津守の動きをチェックしておかなきゃいけないのかと思うと、憂鬱《ゆううつ》になった。

自分でも分かっているが、俺はこういうところが本当に駄目だ。知らんぞと突き放したつもりでも、どうしても気になってしまうのである。生来、真面目な性格が仇《あだ》になるパターンだ。深町はそういう俺の性格をよく分かっていて、押しつけに来たに決まってる。

自分自身を嫌いになりながら、掃除機を持って自分の部屋に行き、ざっくり掃除を済ませた。それから、座卓の上にパソコンを開き、頼まれているでもない小説をつらつら書いている内に、昼の支度をしなくてはいけない時間になった。

パソコンを閉じて台所へ行くと、冷蔵庫を覗《のぞ》いて材料を確認する。店の営業は十二時半から始まるので、いつもその一時間前には昼を済ませるようにしている。今日は焼きうどんにしようと思い、たまねぎやピーマン、にんじんといった野菜をまず切り、豚こまも食べやすいよう、切り分ける。

フライパンに油を引き、豚肉を焼いて野菜に火を通してから、炒《いた》めやすいようにさっと湯通ししたうどんを投入する。味付けは特製の大蒜醤油《にんにくしょうゆ》だ。醤油に大蒜と梅干しを入れておくだけで出来るお手軽さだが、風味は抜群によくなる。

うどんがもっちりしすぎない内に炒めるのを止め、皿を用意しかけた時だ。玄関の方から「いるか？」という声が聞こえて来た。

「!!」

とうに聞き飽きたこの声は津守に違いない。津守も深町と同じく、ふらりと現れては、チャイムも鳴らさず、我が家のごとく上がり込んで来る。案の定、どすどすと廊下を踏み鳴らす音と共に、特徴的な濃厚フェイスがぬっと現れた。

「いるじゃないか。返事くらい、しろ」

「チャイムくらい、鳴らせ」

返事を求める前に、自分の行いを省みろと眉間《みけん》に皺《しわ》を刻む俺に、面の皮が水族館の水槽のアクリルパネルなみに厚い津守は肩を竦《すく》めて返し、椅子を引いて座った。

津守とは深町と同じく、高校のテニス部で知り合った。卒業後の進路は違ったものの、つき合いは続き、今に至っている。犀川さんほどではないが、背が高く、意志の強そうな濃い眉毛《まゆげ》が印象的な彫りの深い顔立ちは古風なイケメンと言えなくもない。

津守はとにかく傲岸不遜《ごうがんふそん》な男だ。深町もゴーイングマイウェイな奴だが、津守には勝てない。本気で世界は俺のものだと思っているんじゃないかと疑いたくなる奴なのだ、津守は。そして、一番問題なのは、津守の中で俺が「面倒を見てやらなきゃいけない仕方のない奴」という位置付けにあることだろう。

「いい話を持って来てやったぞ」

「……。いい話？」

自信ありげな笑みを浮かべて言う津守を、眉《まゆ》を顰《ひそ》めたまま見て聞き返す。心当たりがあると言えば、結婚式の二次会の件だが、俺にとっては全くいい話ではない。しかし、津守の思考回路は俺の真逆をいっていた。

「お前は元々根暗なのに、引きこもった暮らしをしてるから、益々《ますます》暗くなっていく一方じゃないか。出不精だから新しい出会いもないし、友人だって古い知り合いしかいないだろう。そんなお前にぴったりの機会がある」

まさか…？

「テニス部の角田と西村を覚えてるか？　あの二人がめでたく結婚することになったんだ。高校時代につき合っていたのは知っていたが、別れてそれきりだと思っていたら、去年偶然再会して、とんとん拍子で結婚という話になったらしい。角田は正直、女受けする面相じゃないからな。人柄を理解してくれている西村に再び巡り会うことが出来て幸運だった」

　これは…やっぱり…？

「それで、角田と西村が奇特なことにお前の顔が見たいから、二次会に誘ってくれと言ってるんだ。お前みたいに根暗な男の顔を結婚式などという晴れの日に見たいなんて、全く変わっているとは思うが、旧友を懐かしむ気持ちは理解出来る。お前も角田と西村の気遣いに感謝して、四の五の言わずに二次会に出席しろよ」

　分かったな…と、そこまで言ってから、津守はおもむろに立ち上がり、フライパンの中身を覗き込んだ。焼きうどんに目をつけ、「それをくれ」と上から目線で言い放つ。三人分しか作ってなかったが、津守と言い合うのも面倒で、用意するから座れと命じた。

　津守は俺が焼きうどんを皿に盛る間に、冷蔵庫から冷やしてあるお茶を取りだし、グラスに注いで飲んでいた。勝手な振る舞いも、厚かましい物言いもとうに諦《あきら》めているからスルーするが、二次会に関してはそうもいかない。

　椅子に戻った津守の前に、焼きうどんの皿を置いてから、フライパンに残っている焼きうどんを和花と犀川さんの為に取り分けながら、対応を考えた。

　本音を言えば…。「分かった」とでも言って、さっさと帰してしまいたい。角田だって西村だって、同じテニス部だったのだから、津守がどういう人間か分かっているはずだ。

なのに、一体、どうして津守に幹事などという大役を任せようと考えたのかは謎だが、この場合、任せた側に責任がある。

俺には関係ない。全くの無関係だ…と、切り捨ててしまえればいいのに…。

「……」

洗《あら》い桶《おけ》にフライパンを突っ込み、溜《た》め息《いき》を吐いてから、津守を振り返った。自分の生真面目さを呪いながら、取り敢えずと思い、聞いてみる。

「……それで、二次会とやらはいつやるんだ?」

「結婚式のあとだ」

「日にちを聞いてる」

「十一月…二十七日だったかな」

「……」

ずるずると焼きうどんを啜《すす》りながら、何でもないような顔で津守が言うのを聞いて、俺はフリーズした。結婚式は春に多いらしいという一般常識から、来年の春だろうと勝手に思い込んでいた頭を金槌《かなづち》で殴られたような気分だ。

十一月二十七日って……、十一月の二十七日って…今月末じゃないか!

息を呑んで顔を青くする俺の気持ちなどつゆ知らない顔で、津守は口をもぐもぐさせながら首を傾げる。

「いや…二十五だったかな…。とにかく、俺が幹事をやるんだ」

すごいだろう？　そんな心の声が聞こえて来そうな、自慢げな顔で続けた津守を見る俺の目は、絶望の色に染まっていた。絶望がどんな色なのか、具体的には説明出来ないが、拡大したら絶望って文字で埋め尽くされてる。そんな感じだ。

分かってない。津守は絶対に分かってない。自分がどれほど逼迫《ひっぱく》した状況下にあるかを、一ミリたりとも分かっていない。そりゃ、深町が俺に押しつけて逃げて行くわけだと納得しながら、ゆっくり深呼吸する。

何とか自分の気持ちを落ち着かせ、微《かす》かな…本当に、塵《ちり》ほども微かな…希望を抱いて、聞いてみた。

「……それで、何処でやるんだ？」

「そろそろ探そうかと思ってる」

やっぱりー!!　どきどきと心臓の鼓動が高まるのを感じながら、目を見開く。そろそろ探そうかって。あと三週間ないのに、そろそろ探そうかって…？　そんな暢気《のんき》なことを言ってる場合なのかと、詰め寄ってしまいそうになるのをぐっと堪《こら》えつつ、確認した。

「分かってるのか、津守。二十七にしても、二十五にしても、あと三週間ないぞ？」

俺の目が訝《いぶか》しげなものであるのに気付いたらしい津守は、不本意そうな顔になって「もちろん」と答えた。だからこそ、お前に伝えに来たと言うのだが、順番が違う。まずは会場を押さえ、本人たちに確認を取ったりして、それから、出席者を集うというのが筋というものだ。

中でも本人たちと特に親しかったわけでもなく、同じ部活だったというだけの俺のところになど、一番最後に来ればいい。相変わらず、段取りの立てられない男であるのを再認識しつつ、俺は頭を抱えた。

津守は出会った頃から、一事が万事、こんな感じだった。高校時代の俺が、どれほど辛酸を舐《な》めたかについては、語るに堪えない。おかしな男だと思い、距離を置こうとした時もあったが、何故だか、津守は俺の面倒を見なきゃと思い込んでいて距離を詰めて来る。お互いの認識が食い違ったまま、三年を過ごし、別の大学に進学した。

これでようやく縁が切れたと思ったものの、結局、何のかんので縁が切れないまま、今まで来ている。いわゆる、腐れ縁というやつなのだろう。腐食してぼろぼろになって塵になってしまっても、目に見えないもので繋《つな》がってしまっている、永遠に切れない縁なのだと、諦めてもいるのだが…。

それでも、自ら貧乏くじは引きたくない。どういう状況であるのか、本人が分かっていると胸を張るのだから、これ以上は言わずに帰してしまうべきか。しかし…。先の不幸が見えるだけに決断出来なかった。

たとえば、俺がこれ以上何も聞かず、言わず、帰すとする。そうすれば、恐らく津守は窮地に立たされる。それでも津守は窮地を窮地と思わない性格だから、平気なのだ。困るのは周囲だけである。今回の場合は角田と西村だ。いや、その二人だけじゃなく、親族や友人たちというかなりの広範囲に迷惑がかかるに違いない。

ただの飲み会程度の話ならともかく、結婚式の二次会というのはまずい。津守も言う通り、人生の一大事、晴れ舞台なのだ。

「いいか、津守。今すぐに会場を探せ。でないと、間に合わない」

一言でも口を挟めば、どういう展開になるか、これまでの経験でおおよそ読めていたのに、結局、無視しきれなかった。いつだって生真面目な人間の方が馬鹿を見るのだ。強い調子で命じた俺を、津守はむっとした顔で見返す。

「大丈夫だ。まだ三週間ある」

「もう三週間しかない、の間違いだ。大勢で集まれるような店には限りがあるから、予約で埋まってる可能性も高いぞ」

「そういうものか？」

「そういうものだ」

津守に対してはとにかく強気な物言いをするに限る。間髪入れずに答えた俺を、津守は微かに眉を顰めて見た。不本意げな顔で「分かった」と返事をして、皿の焼きうどんを食べ終える。その時、店の方に続く廊下から和花が顔を出した。

「お兄ちゃん、お昼って……あ、津守さん。来てたんですか」

「やあ、和花ちゃん。今日も可愛いね」

津守は超がつくほどのフェミニストでもあり、面の皮がアクリルパネルだから、どんな女性にも賛辞を欠かさない。和花のことだって、小学生の頃から知っているのに、いまだに会う度に「可愛い」と口にする。

和花も慣れたもので、さりげなくスルーして、今日は休みなのかと聞いた。

「いや、これからオペなんだ」

和花の質問に答えながら腕時計を見た津守は、そろそろ行かなきゃいけないと呟《つぶや》く。津守は大学病院に勤める外科医で、その勤務時間はかなり不規則なものだ。一度、出勤してしまうと連絡が取れなくなるのも分かっているので、早めに対応するよう、念を押した。

「おい、忙しいのは知ってるが、会場だけは早めに押さえろよ」

「分かった。オペの後は夜勤で、明日の午後には身体が空く予定だから、当たってみる」

明日の午後というのは怪しいものだが、早めに対応しなきゃならないという意識は出来たようで、ひとまず様子を見るかと考えた。出席するつもりもない二次会についての問題など、出来れば関わり合いたくはない。帰って行く津守をその場から見送り、和花に昼飯を食うかと聞いた。

「うん。もうすぐ犀川さんも戻って来るから…ところで、お兄ちゃん、会場って何の会場？」

「結婚式の二次会だ。津守が幹事をやることになったらしいんだが…」

「えっ。大丈夫なの？」

さすが我が妹。兄の苦労を長年見て来ているだけに、津守が幹事と聞いただけで驚き、大丈夫なのかと聞いて来る。俺は苦笑を浮かべ、津守が空にしていった皿を片付けて、和花と犀川さんの食器を並べながら答えた。

「まあ、会場さえ決まれば何とかなるんじゃないか。二次会だし、最悪居酒屋でもいいだろう」

「そうかなあ。いつなの？」

「二十七とか…二十五とか…」

「今月の？」

更に驚いた声を上げる和花は、壁にかけてあるカレンダーを見て日柄を確認する。二十七日は日曜日で大安だから、この日だろうと言いながら、曇った顔で俺を見た。

「お日柄いいみたいだし、早めに探した方がいいよ。それに二次会でも居酒屋って…ちょっとって、お嫁さんは思うよ」

「そういうものか」

「忘年会じゃないんだから」

朴念仁な兄を哀れみの目で見て、和花は肩を竦《すく》める。仕方ない。明日の午後、津守に電話して確認するか。全く。多忙な癖してどうして幹事など、引き受けたりするのか。理解出来ないと思い、溜め息を吐いて肩を落とした。

津守が帰った後、和花と犀川さんに昼食を食べさせ、二人が店に行ってから俺はお茶漬けで適当に昼を済ませた。昼からもつらつら文章を書いていたが、日が傾くにつれ、犀川さんから告げられた「お客」のことが気になり始めた。

特別な目的でうちを訪ねて来る人のことを「お客」と呼んでいたのは祖父だ。祖父が生きていた頃、「お客」に会うのは祖父だった。亡くなった後は、父と共に俺が会うようになった。父がいなくなった後は、俺一人で対応して来た。いつの時も、犀川さんは必ずその場にいた。

店が終わり、夕飯を済ませて間もなく八時になろうとしている頃にチャイムが鳴った。出ようとする和花を遮り、「お客」だからと告げると、すっと表情を硬くする。

「…じゃ、上に行ってるね」

和花は「お客」について詳しいことを知らないが、「お客」が来ている時は必ず自分の部屋に入ってなさいという祖父の教えを今でも守っている。微かな不安を滲《にじ》ませた顔で、そそくさと階段を上がって行く和花の足音を背後に聞きながら、俺は玄関へ向かった。

三和土《たたき》に置いてある庭下駄を履き、引き戸を開ける。そこには紫色の風呂敷《ふろしき》包みを抱えた初老の男性が立っていた。

「夜分にすみません。こちらに湊医院という診療所があったかと思うのですが…」

湊医院は父が失踪《しっそう》した十六年前に閉院し、今はおやつ処みなとに生まれ変わっている。申し訳なさそうな表情で聞く男性に、事情を説明すると共に用件を聞いた。

「訳あって、診療所は閉めたんです。どのようなご用件でいらしたんですか？」

男性が不調を訴えてやって来たのではないのは分かっていた。静かな口調で聞く俺に、男性は少し困った様子で、言いにくそうに話し始める。

「…あの…私は母の代理で来たんです。母は先月亡くなったのですが、湊先生にどうしてもお礼を伝えて欲しいとのことで…」

亡くなった母の代理で来たという男性自身が、希望を携えて訪ねて来たのではないと分かり、ほっとする。中へお入り下さいと勧めると、男性は小さくお辞儀をしてから玄関へ足を踏み入れた。

玄関から縁側の方へ抜け、庭の見える座敷へ通す。中央に置かれた座卓を挟んで向かい合わせに腰を下ろすと、音もなく襖《ふすま》が開き、犀川さんがお盆を手に現れた。

「……」

突然現れた凶相の大男に、訪ねて来た男性が息を呑《の》む。驚かせてしまったのを詫《わ》び、うちの手伝いをしてくれている人なのだと簡単に紹介した。

「あ…ああ、すみません。…随分、大きな方だと…」

身長よりも顔つきに驚いたに違いないのに、言いにくそうにつけ加える男性に内心で苦笑しながら「それで」と促した。男性は横に置いた風呂敷包みを開き、中から箱入りの菓子を取りだして座卓へ載せる。それを俺の方へ差し出してから、「湊先生は？」と改めて聞いた。

男性が「湊先生」と呼ぶのは恐らく、父のことだ。男性と同じように、父に礼がしたいと言って訪ねて来た客は前にもいた。父は十六年前に失踪したきり連絡も取れていないのだが、訪ねて来る客に対しては別の答えを返すことにしている。

「体調を崩しまして、別のところで療養してるんです。話は私が伺います」

「そうなんですか。……あの……実は私も……ああ、すみません。名乗りもせずに。私、大《おお》島《しま》と申します。…先ほども言いましたが、母に頼まれて来たので…その…母がいまわの際に言い残したことでもあって……妄想のようなものが混じっているのかもしれないのですが…」

大島と名乗った男性が言い淀《よど》む理由は分かっていた。大島さん自身、半信半疑でここに来ているのだろう。「構いません」と落ち着いた口調で返すと、大島さんは少し表情を緩めて、犀川さんが出した茶碗《ちゃわん》の蓋《ふた》を開ける。

鶯色《うぐいすいろ》の煎茶《せんちゃ》を一口飲み、「母は…」と話し始めた。

「…九月に入って倒れ、入院していたのですが、亡くなる前日に病院に呼ばれまして…。鎌倉山の湊医院に延命医の先生がいるから、その方に会って、お礼を伝えて欲しいと頼まれたんです。延命医というのは私も初めて聞きまして…どういう人なのかと聞くと、その先生に父の命を延ばして貰《もら》ったというんです」

大島さんの顔には戸惑いが浮かんでいて、自分で話していながらも、意味がよく分からないと思っているようだった。昨日、店に来たお客さんに「命を延ばせる先生」の話を聞いたことがあるかと確認された時には、分かりませんと答えた。噂話として語られる内容であれば知らないで通すことも出来るが、実際に関わっている人に対して、頭から否定するわけにはいかない。

俺は何も言わずに、座敷の隅に控えている犀川さんも黙ったままだった。うちは裏が山だし、近隣の家とは距離があるから、昼間でも静かで、夜になると更に静けさを増す。今は秋で、虫の音が響いたりはするが、今夜はそれもなく、しんとしていた。

「父は二十年前に亡くなったのですが、診て貰ったというのではなく、命を延ばして貰ったという意味が分からず、どういうことなのか母に聞きました。当時、父は末期癌で、いつ亡くなってもおかしくないと言われていました。そんな父が突然、私の兄に会いたいと言い出したんです。兄は若い頃、父と絶縁して家を出ていました。南米で暮らしているらしいということしか母も私も知らず、探して連絡を取ったところで、帰って来るまでに父は亡くなってしまうだろうと思われたのです。そう諭したのですが、父はどうしても会いたいと望んだようで、母は兄を探す傍ら、延命医の先生に父の命を延ばして貰うよう、頼んだと言いまして…。私には…信じがたい話なのですが…」

大島さんは眉唾《まゆつば》物の話を聞かせているのが申し訳ないと感じているようだった。亡くなったお母さんが高齢だったこともあり、ぼけてしまったのかと疑いもかけたらしい。

「倒れるまで、取り立てて悪いところもなく、頭もはっきりしていた母ですが、死の間際におかしくなってしまったのかと思いました。けど、口調もしっかりしていて、何より、目の色が真剣だったんです。それに…思い出してみると、心当たりが出て来ました。危篤状態だった父が、死ぬ前に一瞬元気になったことがあったんです。その間にブラジルで見つかった兄が帰国し、父に会うことが出来ました。あの時は父の兄に会いたいという意志が強くて、奇跡が起こったのだと思っていたのですが…」

お母さんの話を聞いて、あれは命を延ばしたお陰だったのかと思い至ったのだと言い、大島さんは片手で摑《つか》んだ湯飲みからお茶を飲んだ。それから、迷いを滲ませた顔で俺を見て、恐る恐るといった口調で尋ねる。

「…こちらの先生は…そんなことが出来るんですか？」

普通に考えればあり得ない話だ。大島さん自身、もしやと思いながらも、気持ちの大部分では信じられていないようだった。お礼に来る客に対して返す答えは決めている。俺は微《かす》かな笑みを浮かべて首を横に振った。

「父がお父さんを診たのは事実かもしれませんが、偶然だと思いますよ。父は普通の内科医ですし…。ただ、うちは私の曾祖母《そうそぼ》がまじない師みたいなことをしていたので、お母さんはその話を聞かれて、思い込まれていたのかもしれません」

「まじない師…」

非科学的な話ではあるが、大島さんには腑《ふ》に落ちる部分があったようだ。亡くなったお母さんはその手のものが好きだったと言い、ほっとしたような顔つきになる。

「そうですよね。いや…すみません。偶然だろうと私も思ったのですが…母がやけに真剣だったものですから…。遺言でもあったので、お礼に伺わなくてはいけないという気持ちでいまして…。先生にどうぞよろしくお伝え下さい」

突然、訪ねてご迷惑をおかけしました…と詫びる大島さんに、俺も頭を下げる。大島さんがすぐに納得してくれたのは俺にとっても有り難かった。暇《いとま》を告げる大島さんと共に玄関へ向かい、門の外まで送りに出た。大島さんはここで失礼しますと挨拶《あいさつ》し、最後に改めて、お母さんからのお礼を父に伝えておいて欲しいと頼む。

「偶然だったとしても、母は本当に先生に感謝しているようでした。…亡くなった父は兄に謝りたくて、最期に会いたいと望んだようで…。父が死ぬ前に兄と和解出来たことを、母は心から喜んでいたんです」

「…そうですか…」

「ありがとうございました」

そう言って、大島さんは深々と一礼してから、細道を下って行く。その後ろ姿が消えるまで見届け、小さく息を吐いて振り返ると。

「っ……！」

すぐ後ろに犀川さんが立っていて息を呑む。一緒に家を出て来ていたのにも気付いていなかった。びっくりした…と小声で呟《つぶや》いてから、無表情で立っている犀川さんに聞いてみる。

「…覚えてますか？」

「はい」

犀川さんは即答したけど、その場に一緒にいたはずの俺は記憶が曖昧《あいまい》だった。大島さんはお父さんが亡くなったのは二十年前だと言った。俺は十三歳で、既に祖父は亡くなっていたので、たぶん、父と一緒に「お客」だった大島さんのお母さんに会ったのだろう。

だが、あの頃はまだ子供だったし、病院にも何度か連れて行かれたので、どれが大島さんのお父さんだったのかは分からない。大きな不安を抱えながらも、俺は父の言うことを聞くしか出来なかった。

「…やっぱり、信じられないものですよね。命を延ばすなんて…」

「……」

噂話として聞いたというあのお客さんも訝《いぶか》しげだったが、実際にそれを体験したお母さんから話を聞いた大島さんの反応も、似たようなものだった。病気を治すなら、まだ理解も追いつくのだろうが、命を延ばすと言われてもぴんと来ないに違いない。

大島さんから頼まれたお礼は父に伝えることは出来ない。今頃、何処で何をしているのだろう。もう生きていない可能性も高い。小さく息を吐いて「犀川さん」と呼びかけた。

「はい」

「…父さんは…生きてるんですか？」

ヒトならざる犀川さんなら、知っているに違いない。けれど、犀川さんから答えはなかった。父についての問いかけを犀川さんはいつも拒絶する。怖い顔で自分を見ている犀川さんに、無駄なことを聞いたのを詫び、家に戻ろうと促す。

家の中に入ると、階段を上がり、和花の部屋に向かって呼びかけた。

「和花」

俺の声を聞き、和花が襖《ふすま》を開ける。窺《うかが》うような目で見てくる和花に、「お客」は帰ったと告げると、小さく笑ってOKサインを出し、風呂《ふろ》に入ってもいいかと聞く。

「ああ。悪かったな。待たせて」

「ううん。…お兄ちゃん」

「ん？」

「大丈夫？」

心配そうに聞く和花に、「ああ」と答えた。「お客」が来ると俺が難しげな顔になるのを知っている。今日は本当に大丈夫だから、小さく笑ってみせると、和花はにっこりして頷《うなず》いた。

和花は「お客」について何も聞かない。幼心に、祖父や父の雰囲気がいつもと違って、聞いてはいけないと強く感じたのが今も影響しているのだろう。祖父と父は、うちに「お客」が訪ねて来る理由を、和花には決して教えなかった。犀川さんの正体を教えなかったように。

俺も同じだ。和花には絶対、話すつもりはない。和花は生涯、知るべきではない秘密が隠されているのだから。

危惧《きぐ》していたような面倒を持ち込む「お客」でなかったのにほっとし、俺はその夜熟睡した。前夜、明け方まで眠れなかったせいもある。津守にも会場を決めるように言ったし、何とかなるだろう。そんな楽観的な考えを抱きながらも、一抹の不安は残っていて、翌日の午後、津守のスマホに電話を入れた。

「……………」

しかし、津守の声は聞こえず、留守電に切り替わったスマホに、連絡をくれというメッセージを残しておく。午後には身体が空くと言っていたが、まだ仕事中なのか。ということは、店を探すことも出来ていないのではないか。

俄《にわか》に厭《いや》な予感が広がり始め、夜になるのを待って、再度電話をかけた。だが、また留守電で同じようなメッセージを残す。これは本格的にまずいのではないかと焦り始めたのは、その翌朝も、昼も、同じように留守電だったからだ。

津守が訪ねて来たのは月曜の昼前で、火曜の午後には店探しを始める予定だった。それが、水曜の午後になっても連絡がつかないというのは…。俺に返信しないだけならいい。だが、俺には連絡を寄越さないけれど、店探しだけはしてるとは思いがたかった。

どうしたものかと頭を悩ませていた俺が、更なる衝撃的事実を知り、貧乏くじを引かざるを得なくなってしまったのは、その翌日のことだ。

朝食を済ませ、あれこれ家事を片付けた後、自分の部屋でパソコンに向かっていると何処からか物音が聞こえた。和花と犀川さんは店で仕込みをしている。店側の物音が聞こえることはないので、無人である家の中から聞こえたことになる。

もしや泥棒か？　日中の方が空き巣は多いと聞いている。用心して息を潜めながら部屋を出て台所の方へ向かった俺は、座敷に人影があるのを見つけて息を呑《の》んだ。

「っ……！」

台所と廊下を挟んだ位置にある座敷に男が寝転がっていた。俯《うつぶ》せの死体みたいに見えたそれが津守だと気付くと、一瞬でも怯《おび》えた自分がばからしくなり、同時に腹が立つ。

「おい！　津守！」

何してんだ？　と聞く俺に、津守は返事をしない。横向きになっている顔を覗《のぞ》き込んで見れば、目を閉じて熟睡しているのが分かり、呆《あき》れ果てた。さっきの物音は津守が縁側から入り込んで来た音だったのだろう。玄関に鍵《かぎ》がかかっていると、庭に回って、縁側から上がり込んで来るのだ。

「全く…」

そして、死んだように寝ているのは、激務の後、直接やって来たからに違いない。唯我独尊な性格にはむかつくけれど、外科医として日々精進している津守の生き方は尊敬している。仕方ないと溜《た》め息《いき》を吐き、押し入れから毛布を持って来てかけてやった。

何をしに来たのかは分からないが、俺には用がある。津守が目覚めたら二次会の会場はどうなったのかと確認しなくてはならない。逃がしてはならないので、自室からパソコンを持って来て、台所のテーブルで続きを書き始めた。

津守が目覚めないまま、昼の支度をしなくてはいけない時間になった。親子丼を作ろうと材料を買って来ていたので、冷蔵庫を開ける。鶏もも肉の余分な脂を削《そ》ぎ、食べやすい大きさに切ってから、卵をボウルに割って溶いた。

鍋《なべ》に出汁《だし》と醤油《しょうゆ》、酒、砂糖などを入れて温めたところに薄切りにしたたまねぎと鶏肉を入れて火を通す。卵を流し入れ、さっと煮たら出来上がりだ。ついでにかぼちゃとなめこの味噌《みそ》汁《しる》も作り、そろそろ和花たちが戻って来るかと時計を見た時だ。

テーブルの向こう側…廊下の先にある座敷に寝ていた津守がむくりと起き上がる。寝起きとは思えないきびきびした動きで移動して来ると、椅子を引いて座り、「腹が減った」と訴えた。

人の家に忍び込み…上がり込むという可愛さではない…死んだように寝ていたかと思ったら、開口一番、空腹を訴える津守に説教するのも面倒で、「親子丼だぞ」と告げる。頷く津守を見ながら、丼を食器棚から取りだし、先に訪ねて来た理由を聞いた。

「何度も連絡を入れて来てたのはお前の方だろう」

ようやく勤務から解放されてスマホを見たら、俺からの着歴が複数回あったので、家に帰る前に寄ってやったのだと、津守は恩着せがましく言う。俺としては電話でよかったし、しかも用件は津守の方の問題だ。偉そうにされる義理はなかったが、そうかと頷き、炊飯ジャーからご飯をついだ。

「俺が電話したのは、例の二次会の件だ」

おそらく…いや、絶対。津守は動いてないと確信していた。倒れ込むようにして眠り、腹が減ったと訴える津守は、あれから満足に寝ても食べてもいなかったのだろう。そんな激務の中、二次会の会場を探す暇があったとは思えない。

だから、「まだ探せてない」という返事であれば、そうかと納得もしたのだが…。

「二次会？」

「……」

何のことだと言わんばかりの顔で聞き返して来るのがいけない。津守はバカじゃないのだが、本気で抜けているところがある。だから、この男に幹事とか、しきり役は絶対任せてはいけないのだ。

内心で深い溜め息を吐き、眉《まゆ》を顰《ひそ》めて具を載せた丼飯を津守の前にわざと音を立てて置く。

「角田と西村の！　結婚式の二次会！」

苛《いら》ついた調子で俺が言うと、津守ははっとした顔で「ああ」と声を上げた。

「そうだった。お前、絶対に出席しろよ」

「その前に！　やらなきゃいけないことがあるって指摘しただろ？」

問題は俺が出席するかどうかじゃないのだ。ぎりぎりと奥歯を鳴らしたい気分で確認する俺の気持ちなど、全く察してないかのように、津守は平然とした顔で親子丼を食べ始める。がつがつ食べながらも、奴が首を傾げているのに苛つき、月曜の台詞《せりふ》を繰り返した。

「もう日がないから、さっさと会場を探せって言ったんだ。忘れたのか？」

「……。覚えてる。もちろん」

いや、忘れてたに決まってる。もちろん、と最後につけるところが怪しい。眇《すが》めた目で津守を睨《にら》みつつ、お椀《わん》に注いだ味噌汁を出した。

「月曜に来た時、火曜の午後には身体が空くから探してみると言ってたんだぞ。お前は」

「色々長引いてな…」

「仕事が忙しいのは分かる。予定通りにいかないのも仕方のないことだと思う。だからこそ、俺が何を言いたいか、分かるか？」

「何だ？」

「寝る暇も食う暇もないような暮らしの癖に、なんで幹事なんか引き受けるんだ？　無理に決まってるだろう」

津守がそこを理解していたら、こんなトラブルだって起きない。津守は昔からそうだ。テニス部の部長だった時だって、何でも気軽に引き受けて来ては、俺と深町が困らされるというパターンが腐るほどあった。そして、たちが悪いのは、津守は善意の塊でもあるということだ。

「だが、テニス部の部員同士が結婚するのは初めてなんだぞ。ここは部長だった俺が引き受けるべきだろう？」

むっとした顔で反論する津守に舌打ちしたい気分で顔を顰《しか》めてみせる。心情は分かる。だが、現実を見ろ。そんな言葉を幾度となく繰り返して来た俺は、水掛け論になるのも分かっていたので、「とにかく」と話を切り替えた。

「会場を早く見つけなきゃいけないんだ。二次会だから最悪居酒屋でもいいんじゃないかと思っていたが、和花が言うに、女子的にはあり得ないらしい」

「そうなのか」

「そうみたいだ」

なるほど…と頷き、親子丼をかき込む津守に、壁のカレンダーを見るよう促す。俺は十一月の二十七日を指さし、大安と書かれているのが見えるかと確認した。

「お前は二十七だったか二十五だったか分からないと言ってたが、二十七は日曜で大安だから、この日だろう。日柄がいいから、結婚式も多いに違いない。式は何処でやるのか聞いてるのか？」

「横浜だ」

「じゃ、横浜市内の方がいいだろうな。出来れば会場から近いところで…式と披露宴は同じ会場なのか？」

結婚式にはとんと縁がないからよく分からないが、ホテルなどにチャペルがあったりすると聞く。市内のホテルででも行うのだろうかと考えていた俺に、津守は「いや」と言って首を横に振った。

「式は教会でやって、その後二次会だ」

「……。式の後に……二次会？」

それは…もしかして、飲み会の延長上にあるような二次会ではなく、披露宴の代わりとして行うような、結婚パーティ的なものではないのか？　恐ろしい事実を聞いた気がして、目眩《めまい》がしてきそうな頭を押さえる。

「ちょっと…待て。じゃあ…二次会じゃなくて…披露宴の意味合いも兼ねたような…パーティなんじゃないのか？」

「パーティ…になるのかな。式は身内だけで挙げるから、友人や同僚へのお披露目を兼ねた会にしたいと言っていた」

「参加人数は？」

「五十人程度だ」

「！」

津守の言い方からして、披露宴の後にやるちょっとした飲み会程度のつもりでいたが、これは全く違っているようだ。なんてことだ！　よくもこんなに大事なことを津守などに任せたものだ。俺の記憶にある角田と西村は、温厚で人畜無害な人柄だったが、こんなにも大胆な一面を持ち合わせていたなんて…。

恐ろしい…と怯えながら、一段と眉を顰めて津守を睨み見た。

「それは二次会とは言わん。結婚パーティって奴の幹事を任されてるんだぞ、お前は」

「パーティの幹事か」

そっちの方が大役そうだと密かに喜んでいるのだろう。頬の端にほくそ笑んだ欠片《かけら》が見られる津守に「たわけ！」と叱責したいのを堪《こら》えながら、「いいか」と低い声で諭す。

「五十人っていう人数で、結婚パーティが開けるような会場は益々《ますます》限られて来る。それを食ったらすぐに探せ。でないと、とんでもないことになるぞ」

「そうか？　よさそうなレストランでも予約すればいいかと思っていたんだが……」

「デートじゃないんだ。そんなに簡単にいくか！」

認識を改めろと声を荒らげかけた時だ。津守のスマホが鳴り始めた。津守は丼に残っていたご飯をかき込んでしまうと、鳴り続けているスマホを取り出す。厭な予感を抱きながら見る俺の前で、頬をご飯で膨らませたまま、スマホを耳につけて「はい」と返事した。

「……はい……分かりました。……小一時間ほどで。……お願いします」

短いやりとりを横で聞いてるだけでも、相手が病院の関係者で、津守がすぐに行くつもりなのが分かって、盛大な溜《た》め息《いき》を吐いた。テーブルに両手をつき、項垂《うなだ》れている俺の横で、津守は味噌汁を一気に飲み干してから、「悪い」と詫《わ》びる。

「すぐに行かなきゃいけないんだ。また身体が空いたら来る」

「待て」

「なんだ？」

「それじゃ、間に合わない。……俺が、」

探しておく。苦渋の決断を下し、絞り出すような声で津守に告げた。ここでまた病院に行ったら、いつ会場を探す余裕が出来るか、見当もつかない。角田と西村に義理があるわけでもないが、津守のせいで波乱含みの門出となるのは気の毒だ。

「いや。俺が引き受けたんだから…」

「これ以上間が開けば、状況はもっと悪くなる。いいから、お前は病院に行け」

他に選択肢はない。渋面で命じる俺の顔は鬼気迫るものだったのだろう。津守は何か言いかけた口を閉じ、「分かった」と了承した。また来ると言い、スマホを摑《つか》んで玄関へ向かう津守の背中にそっちじゃないと声をかける。

「縁側から入って来たんだろ？　それと少ししか寝てないんだから、隙を見て仮眠を取れよ。飯も食え。運転には気をつけろ」

廊下からUターンし、どすどす足を踏み鳴らして座敷を抜けて行きながら、津守は俺の忠告に「分かった」と返事をする。うんざりしながらも結局、尻《しり》ぬぐいに回ってしまう自分がほとほと厭《いや》になる。縁側のガラス戸が閉まる音が聞こえ、疲れ切った気分で溜め息を吐き出した俺は、力無く椅子に座り込んだ。

【2】死に神と思いやり

白い小ぶりの鍋《なべ》から黄味色のクリームを保存容器に移している和花《わか》の向こうで、犀川《さいかわ》さんが銀色のボウルで冷やし固めたアイスクリームを泡立て器でかき混ぜている。鬼気迫る表情はいつもの三倍増しで恐ろしい。和花からはふんわりとした甘い匂いが漂って来るのに、犀川さんが同じ甘い物を作っているとはとても思えない。菜の花畑の向こうから雷鳴轟《とどろ》く暗雲が迫って来ているみたいだ。

アイスクリームなど買って来るものだと思っていた俺は、中学生になった和花が作ってくれたそれを食べた時、家でも作れる上にこんなに美味《おい》しいのかと新発見をした気分になった。そんな俺以上に、強烈な衝撃を受けたのが犀川さんだ。

それまでの犀川さんは辛いものしか食べず、和花がクッキーやケーキを焼いても、つき合いで口にする程度で、進んで食べたりはしなかった。しかし、手作りアイスクリームの美味しさで甘味に目覚めた犀川さんは、甘いもの全般の虜《とりこ》になった。

和花に作り方を習い、自分でアイスクリームを作り始めると、めきめき腕を上げていった。牛乳にグラニュー糖、生クリームに卵黄、バニラビーンズという、シンプルな食材で作るバニラアイスクリームは、シンプルなだけに難しさがあるようだ。材料の配分を何度も変えて試作し、自分が求める至高のアイスクリームを今も追求し続けている。

俺にはよく分からないが、アイスクリームの味を決めるのは空気の含有量だと、犀川さんは言う。一度凍らせたものを、再び砕いて攪拌《かくはん》し、滑らかにしてまた凍らせる。それを適度に繰り返すことで、口当たりのよいアイスが出来るそうな。

しかし、アイスクリームを練っている犀川さんの様子は真剣過ぎるせいもあって、とても冷たくて甘いおやつを作っているとは思えない。窯で毒薬を煮立てている魔女のようだ。そもそも犀川さんは死に神だ。死に神が作るアイスクリームって、どうなのかと首を傾げるところもあるが、皆が美味しいと絶賛しているのは間違いない。

土曜の午前中。いつもは忙しくなってからしか呼ばれない俺が、店の調理場で椅子に座って二人の様子を眺めていたのには理由がある。時刻は間もなく十時で、そろそろ来るだろうと思っていた通り、店のドアが開く音が聞こえて来た。

「こんにちは。和花ちゃん、ごめんね～」

謝る声は深町《ふかまち》のもので、仕込みの手を止めて出て行く和花の後ろから、俺も調理場を出る。店には深町と、顎髭《あごひげ》を生やしたひょろっとした男、眼鏡をかけた二十代後半くらいの女性の三名がいた。

「急なお願いなのに引き受けてくれてありがとうね。こっち、カメラマンの吉永《よしなが》さんと、編集部の毛利《もうり》」

連れを俺と和花に紹介した深町は、俺たちのことも二人に紹介した。おやつ処みなとの若き女主人と、その兄。単純明快な説明は俺の好むところでもあって、和花の後ろから小さく頭を下げておく。

深町が同僚でもある編集者とカメラマンを連れ立ってやって来たのにはわけがある。先日、おやつ処みなとを取材したいと和花に申し入れていた深町だが、店の取材の前に、パフェを紹介させてくれないかという電話が昨日、あったのだ。

何でも次の号でパフェを特集するミニコーナーがあり、それでおやつ処みなとのパフェを取り上げようという話になったらしい。ミニコーナーの担当者は同行した毛利さんという女性で、彼女はプライヴェートで店に来てくれたことがあり、パフェの美味しさに感激したのだという。

「ケーキもあんみつも美味しかったんですけど、パフェが絶品で。深町さんがお店の特集記事を組むと聞いて、先にパフェを取り上げさせて貰《もら》えないかなと思って頼んでみたんです。急にすみません」

「いえ。こちらこそ、ありがとうございます。美味しいって言って貰えると嬉《うれ》しいです」

和花と毛利さんは歳もさほど変わらないようで、ほんわかした雰囲気も似ている。今、準備しているところなのでと言い、和花が調理場へ戻って行くと、深町はカメラマンの吉永さんと、毛利さんと共に撮影の打ち合わせを始めた。

「湊《みなと》。このテーブル、あっちへ運んでもいい？」

「ああ。後で戻してくれればいい」

好きにしろと言う俺に頷《うなず》き、深町は吉永さんと毛利さんに指示を出す。セッティングを二人に任せた深町は俺の方にやって来て、「ところで」と切り出した。

「どうよ？」

「どうもこうもあるか」

状況が改善していたらこんな顔はしていないと言う俺に、いつもそんな顔じゃないと深町が返して来る。いつもはもう少し明るいと言いたかったが、頭から否定されるのは分かっていたので、嘆息して肩を竦《すく》めた。

津守《つもり》に代わって二次会…ではなく、結婚パーティの会場を探さなくてはいけなくなってしまった俺は、深町に電話を入れた。深町が多忙なのは分かっていたが、俺一人では手に余る案件だと判断したのだ。引きこもりも同然の三十過ぎの独身男が、結婚パーティなどという華やかな席に相応《ふさわ》しい会場が見繕えるとは思えない。昔からセンスがないとやじられ続けて来たし、自覚もある。

事情を話し、どういう会場がいいのかアドバイスをくれと求めた俺に、深町は何軒かの会場候補をピックアップしてくれた。すぐにそれらを当たってみたものの、案の定、全て予約で埋まっていた。

「一軒だけ、夜なら空いてると言われたんだが、式は九時半からだろう。時間が開きすぎるじゃないか」

「そうね。出来れば昼食に合わせたような時間帯がいいわよね」

「西村《にしむら》は？　連絡取れたのか？」

深町には結婚式の主役でもあり、新婦となる西村に、披露宴代わりの結婚パーティとして考えてもいいのかと、確認を取って貰うよう頼んでいた。海外出張中だという西村と、昨夜ようやく連絡が取れたという。

「西村も角田《かくた》も、津守にはちゃんと『披露宴代わりになる小さなパーティにしたい』って話したらしいわよ。津守は全て俺に任せとけって答えたんだって」

「あの野郎…。しかし、二人とも同じテニス部だったんだから、津守が三歩歩けば全て忘れる鳥頭だって知ってるはずじゃないか。なのに、どうして結婚パーティなんて一大事の幹事を…」

「結婚式の日取りが決まった頃、偶々《たまたま》二人で津守に会う機会があったみたいなのよ。その時、結婚パーティに出て欲しいって話したら、津守が幹事をやるって言い出して…。一度言い出したら引かないのを知ってるから、二人とも諦《あきら》めて仕方なく頼んだものの、その後音信不通で連絡が取れないから心配になって、私に電話してきたってわけ」

さもありなん。目を閉じれば、津守の妙な強引さに押し切られる角田と西村の姿が浮かんで来そうだ。そして、西村から相談を受けた深町が慌てて俺に押しつけに来たというわけか。

「西村も仕事が忙しいみたいだし、会場さえ決まってないって話は出来なかったのよ。とにかく、何とかしなきゃ」

「何とかと言ってもだな…」

俺だって努力はしてる。深町が挙げて来た物件以外にもネットなどで同じような会場を探して、当たってみたが、やはり何処も埋まっていたのだ。横浜だけじゃなく、鎌倉方面までエリアを広げて探してみたものの、全滅だった。

となると、最終手段に出るしかない。

「最悪、……津守に責任を取らせようと考えてる」

「あいつ、厭《いや》がるわよ」

「身から出た錆《さび》だ」

ふんと鼻先から息を吐き、言い捨てた時だ。調理場に入ってた和花が戻って来た。

「お待たせしました」

和花の後ろから、パフェのグラスが載ったお盆を手にした犀川さんがぬっと現れると、毛利さんが小さく息を呑《の》む音が響く。吉永さんも目を丸くして犀川さんを見ており、店内の空気が一気に緊張したものになった。

そんな雰囲気を当人は全く気にしていないようで、犀川さんは深町に声をかける。

「深町さん。これはどこへ置けばいいですか？」

「あ、はい。こっちにお願いします」

白い壁をバックにパフェの撮影が出来るように、壁面につけたテーブルを指し、深町は犀川さんを案内する。おやつ処みなとのスペシャルパフェがテーブルの上に置かれると、毛利さんと吉永さんの緊張はすぐに解《ほぐ》れた。美味しそう！　と毛利さんがあげる声は、女性らしい黄色いものだ。

「今日は洋梨と巨峰なんですね。前に私が伺った時は巨峰とマスカットでした。果物は旬のもので？」

「はい。洋梨はルレクチエ、葡萄《ぶどう》はナガノパープルです。そろそろ秋の果物も終わりかなという感じです。一月からは苺《いちご》を使ったりするんですが、これからはちょうど果物の端境期なので、チョコレートや抹茶を使ったりします」

「それも美味しそうですね～。パフェはスペシャルパフェだけなんですよね？」

「今のところ。将来的には選んで頂けるように三種類くらい、用意したいなとは思ってます」

「上に載ってるマカロンもカラフルで可愛いし……しかも、すごく美味しいんですよね。お得感もあります」

「マカロンって作るのは手間がかかるんですが、好きなんですよ～」

毛利さんも相当の甘味好きのようで、和花との話が止まらない。取材なのか、ただのおしゃべりなのか、俺には見当がつかない感じだ。そんな風に女子二人がきゃっきゃっと話す横で、カメラマンの吉永さんがパフェの写真を手際よく撮って行き、出来上がったものを深町が確認してＯＫを出した。

パフェの撮影が終わったと聞いた毛利さんは嬉しそうに微笑んでスプーンを手にする。

折角だから……とパフェを食べ始めるその顔は見るからに幸福そうだった。

「やっぱ美味《おい》しい〜、このアイス。吉永さん、アイス好きですよね？　食べてみて下さいよ」

「俺、アイスはうるさいよ」

毛利さんの勧めを不敵な物言いで受けた吉永さんだったが、パフェのアイスクリームを一口食べた途端、顔色を変えた。なんだこれ…と呟《つぶや》き、和花の顔をまじまじと見る。

「これも作ってるんですか？」

「あ、はい。アイスクリームは私じゃなくて、犀川さんなんですけど」

そう言って、和花は俺の横に立っている犀川さんを指した。犀川さんがアイスクリームを作っているのは毛利さんも知らなかったようで、吉永さんと揃《そろ》って驚愕《きょうがく》の顔つきになる。二人が目を剝《む》くのも無理はない。和花ならともかく、犀川さんにアイスクリームというのは果てしなく似つかわしくなかろう。

「そ…そうなんですか？　…あ、あの。このアイスクリームはどうやって…」

驚きながらも、毛利さんは犀川さんにも果敢に取材を試みる。犀川さんはちらりと毛利さんを見て、「どうやって？」と低い声で繰り返した。

決して脅しているわけじゃないのに、毛利さんの顔は明らかに怯《おび》えたものになっている。それを気の毒に思った和花が、「材料とか、作り方だよ」と助言すると、犀川さんは頷いて語り始めた。

「材料は卵黄、グラニュー糖、牛乳、生クリーム、バニラビーンズです。卵黄は和花さんが栃木から仕入れている卵で、牛乳と生クリームは北海道のものです。牛乳は乳脂肪分が4・5パーセント以上のもの。生クリームは35パーセントと47パーセントのものをブレンドして使っています。作り方はまず、卵黄とグラニュー糖を混ぜたものに、バニラビーンズを加えて温めた牛乳と生クリームをあわせ、それを更に加熱し、アングレーズソースを作ります。火加減が非常に難しいので、この作業は慎重に行います。それを漉《こ》したものを氷水であら熱を取ってから、冷凍室で冷やします。外側が固まりかけたところで一度出し、攪拌《かくはん》します。このタイミングも大変重要で、出来上がりを左右しますので見極めが肝心です。混ぜたものを再び凍らせ、混ぜる。これを繰り返しますが、お客様に出す時には最高の状態で出せるようにしなくてはいけないので、その辺りも難しいです」

蕩々《とうとう》と語る犀川さんはとても真剣で、アイスクリームへの愛情がひしひしと伝わって来た。だが、どうしたってその容姿が邪魔をして、本当に好きなんだな…と微笑ましくは思えない。同じことを和花が語ったのだとしたら、毛利さんも「そうなんですね！」と感心していたのだろうが…。

「は…あ……」

何処か気の抜けたような相槌《あいづち》は、呆気《あっけ》にとられたものでもある。毛利さんだけでなく、吉永さんや深町まで、目を点にして見ているのに気付いた犀川さんは、はっとしたように微《かす》かに眉《まゆ》を顰《ひそ》めた。

「…失礼しました。少々喋《しゃべ》りすぎたようです」

和花に言われて説明しただけなのに、皆がぽかんとしているのは、自分に原因があると分かったらしい。熱くなりすぎたと反省する犀川さんに、和花が慌てて「そんなことないよ」とフォローする。毛利さんも急いでそれに乗っかった。

「そ、そうですよ。教えて頂いてありがとうございます。べ、勉強になります」

「毛利。早く食べよう。折角のアイスだ」

そんなに手をかけて作られているのだから、これだけ美味しいのも頷けると、吉永さんが毛利さんを促す。毛利さんは手にしたままのスプーンを握り直し、吉永さんと仲良くパフェのアイスクリームを分け合って食べ尽くした。

「アイスの下にはプディングで…プディングはちょっと堅めにしてあるんですね。栗ですか？」

「はい。キューブにしてて…もう一つは紫芋ですよ」

「あ、本当だ。…クリームが挟んであって…それから、グラノーラだ。さくさくして美味

「それも作ってるんです。少し小さめにしてあって…涼しくなってからのパフェって、食感のバランスが大事だなって思うので。夏場は喉越《のど》しよく、柔らかな感じでまとめたりするんですが」

「確かに、食感って重要ですよね。…で、下の方は洋梨のコンポートとゼリー…。それぞれの層が楽しめていいですね～。それにクリームも甘すぎなくて、素材の味を引き立ててる感じで…本当に美味しいです」

和花の説明を聞き、メモを取りながらも、毛利さんはあっという間にパフェを食べ終える。ごちそうさまでしたと言う顔は美味しいものを食べた後の満足感で溢《あふ》れていた。その後、幾つかの質問で取材は終わり、犀川さんにパフェの器を下げて貰《もら》って、テーブルを元に戻す。土曜はお客さんも多いので、深町は和花たちを気遣って早々に暇《いとま》を告げた。

「和花ちゃん、ありがとうね。今度、お礼するから。あ、そうだ。それと、もう一つお願いが…」

お礼すると言った端から、お願いなのか。和花の隣で憮然《ぶぜん》とした顔になる俺に、深町は「湊にじゃないわよ」と言い捨てて、和花を見る。

「ウェディングケーキって作れないかな？」

ウェディングと言えば…もしかして。俺と同じ連想を和花も浮かべたらしい。兄妹《きょうだい》で顔を見合わせていると、深町が想像した通りのリクエストを伝えて来た。

「湊から聞いてるかもしれないけど、今度、高校の同級生が結婚することになってね。結婚パーティにウェディングケーキがあったらいいなって」

「そうだよね。作れることは作れるけど…。会場、探してるところだとか…話してなかった？」

「それは湊が何とかするから」

「お前な」

「だって、会場が決まってからあれこれ手配してたら遅いじゃないの。和花ちゃんだって準備があるだろうし。会場が何処になってもウェディングケーキはあった方がいいでしょ」

まあ…確かに、順番は逆であるが、和花にも用意があるというのには同意出来る。なるほど…と頷《うなず》いたものの、違う心配を思いついた。

「だが…パーティは日曜だし、忙しいだろう」

おやつ処みなとは有り難くも繁盛しており、土日は行列が出来るほどの忙しさだ。なの

「ウェディングケーキ…？」

に、ウェディングケーキなんて作っていられるのか。そんな俺の心配に、和花は頷きつつも、やってみたいと口にした。

「確かに忙しいけど…、ウェディングケーキを作らせて貰えるなんて、滅多にない機会だから、やってみたいな」

「本当に？　和花ちゃんが作ってくれるなら西村も喜ぶわ」

「新婦さんは西村さんって言うの？　どういうのが好きかな？」

早々に和花は引き受けると決めたようで、大きさやイメージを深町と話し合う。和花が楽しそうなのはいいが、会場探しを託されている俺には、プレッシャーなような…。これは益々《ますます》早く会場を決めなくてはいけないないなと思っていると、荷物を纏《まと》め終えた吉永さんが声をかけて来た。

「じゃ、最後にお店の前で皆さんの写真を撮らせてくれませんか？」

吉永さんが「皆さん」と言うのを聞いて、和花は俺を見る。いや、俺は関係ないだろう…と思い、犀川さんを見たが、犀川さんは真っ直ぐ前を向いてるだけで、何処を見ているのかも分からない。

「皆さんって…」

和花が吉永さんに確認すると、俺と犀川さんと和花の三人だという返事があった。いやいや。犀川さんはともかく、俺の出る幕ではない。ぶんぶんと首を横に振って拒否しようとしたものの、雑誌には載せないし、記念撮影のつもりでと言われてしまうと、断れなくなる。

「いいじゃないの。プロのカメラマンに撮って貰えるなんて、滅多にない機会だよ」

深町の勧めもあり、仕方なく、俺と犀川さんも店の外に出た。和花を真ん中にして三人で並び、何枚かの写真を撮って貰う。犀川さんも一緒に写されたことに、厭《いや》な予感を抱いたのだが、恐らく…と思っていたので、敢《あ》えて何も言わなかった。

「では、私は仕込みに戻ります。深町さん、皆さん。和花さんのお店の紹介をよろしくお願いします」

撮影が終わると、犀川さんは深町たちに丁寧な挨拶《あいさつ》をし、先に店の中へ戻って行く。和花も仕込みが残っているので、そこで別れて、俺が深町たちを見送ることになった。バス停まで歩いて行くという三人と、市道への曲がり角で別れようとしたのだが、その時「あれ？」と吉永さんが声を上げた。

「どうかした？」

「いや…今、撮った写真なんだけど……。おかしいな…」

歩きながらカメラで撮影した写真を確認していたらしい吉永さんが首を傾げている。吉永さんの手元を深町と一緒に覗《のぞ》いてみると、さっき店の前で撮った写真が画面に出ていた。犀川さんと和花、俺の順で並んでいるのだけど、吉永さんが何を見て首を傾げたのかはすぐに分かった。

　犀川さんだけ、顔がぼやけているのだ。ぼやけてる…なんて可愛いものじゃない。そこだけ、身元が分からないよう特殊な加工を施したみたいだった。

「何これ？　他のは？」

「他のもなんだよ。念のため、三枚撮ったんだけど…」

「なんか怖い…」

　心霊写真的なものに見えなくもなく、毛利さんが小さく呟くのを聞き、深町と吉永さんは表情を硬くする。俺は心当たりがあったので、やっぱりと思いつつ、神妙な表情のままで黙っていた。

「記念写真としてお渡ししようと思ってたのに…すみません」

「いえ…」

　プロなのに申し訳ないと詫《わ》びる吉永さんに首を振り、苦手な愛想笑いを浮かべて気にしないで下さいと返す。おかしいなあと首を捻《ひね》る吉永さんに、内心で謝りながら、帰って行く三人を見送った。

どんなプロでも犀川さんを写真に撮ることは出来ないだろう。幼い頃からの経験で、犀川さんを撮影してもまともに写らないのは知っていたので、吉永さんの写真があんなことになったのも納得だった。俺と和花のアルバムに写り込んでいる犀川さんは、どれも心霊写真みたいになっているのである。

恐らく、死に神としての力が影響しているのだと、俺は思っている。死に神を写真に撮ろうなんて、意図的に心霊写真を撮ろうとしているようなものだ。深町たちが帰るともう昼近かったので、急いで和花と犀川さんに昼食を作り、ばたばた家事をこなした。その後、懸案となっている会場をネットで探したりしてみたものの、芳しい情報は得られないまま、店の手伝いに駆り出された。

次の日曜も同じような感じで過ぎ、店が終わって夕飯を済ませた俺は、マカロンを連れて散歩に出かけた。津守はあれから音信不通で、また病院で缶詰状態になっているのだろうと思われた。会場が決まらないまま、一週間近くが過ぎてしまった。深町は厭がると言ってはいたが、もう最終手段に出るしかない。

溜《た》め息《いき》を吐きつつ、そんなことを考えていた時だ。マカロンが突然「ワン」と吠《ほ》えた。

暗がりをぼんやり歩いていたので、周囲の状況が読めていなかった俺は、小さく驚いて足を止める。

「どうした？　マカロン」

マカロンはわけもなく吠える犬じゃない。不思議に思ってマカロンが見ている前方を窺《うかが》うと、暗がりからカートを押す女性が近づいて来るのが分かった。手押し車のようなカートで、何かを運んでいるのかと思ったが、距離が縮まって来るとどういうものであるのか分かった。

ベビーカーくらいの大きさの、四角い箱のような形のカートに犬が乗っている。耳の大きなコーギーだ。カートを押していたのは六十前後の女性で、マカロンの散歩で時折顔を合わせたことのある、顔見知りだった。

「あら、マカロンちゃん」

「こんばんは」

時折、小型犬をカートに乗せて散歩している人を見かけたりするが、それとは違ってどうも事情がありそうだった。夜道では街灯の明かりくらいしかなくて、はっきりとは分からなかったが、コーギーは随分弱っているように見えた。

「どうかしたんですか？」

「もう歳でね。歩けなくなっちゃったのよ。だから、夜にこうやって散歩させてあげてるの」

女性が困ったような顔で言うと、コーギーは「ワウ」と少し掠《かす》れた声で吠えた。マカロンは尻尾《しっぽ》を振ってカートに近づき、臭いを嗅《か》いでいる。前にも会っているが、さほど高齢なようには見えなかった。

幾つなのかと聞くと、女性は十二歳だと答える。犬の十二歳は人間の十二歳とは違い、高齢な部類に入るのだろうが、それでも、もう少し長生きしそうな気がする。

「まだ早くありませんか？」

「犬種によっても寿命って違うみたいだし…。この子は股関節《こかんせつ》が元々悪くて、それが原因で色々と病気をしたのもあって、早いのかもしれないわ。マカロンちゃんはまだ若いのよね。幾つだった？」

マカロンはうちに来て三年くらいだが、公園で保護された犬なので、いつ生まれたのかは分からない。それを説明し、たぶん五歳くらいだと言うと、女性はそうなのと大きく頷いた。

「でも、歳取った感じはしないし、まだまだ元気だと思うわよ」

「だと…いいんですが…」

どう言えばいいか分からず、苦笑いをして、女性のコーギーを見る。おとなしく座っているのは元気がないからなのだろう。老化と病気は違う。早くよくなるといいですね…とも言えず、言葉に詰まっていると、女性が独り言のように呟《つぶや》いた。

「犬や猫は可愛いんだけど、お別れがあるのが哀しいわね。もうちょっと長生きしてくれたらって思うわ」

「……」

身近なものの死を意識した時、死なないで欲しいと願うのは、ごく自然なことなのだろうか。昔のことを思い出し、小さく息を吐いてから、カートの横にしゃがみ込んだ。丸い目で俺を見るコーギーの頭を撫《な》で、最期まで頑張れよと心の中で声をかける。

どういう状況になっても、たとえ、自分のことが分からなくなってしまっても、きっと女性はこの犬を最期までちゃんと面倒見るに違いない。そう信じて立ち上がり、「お休みなさい」と挨拶して女性たちと別れた。

散歩を再開し、ご機嫌よく歩くマカロンの姿を見ながら、いつか来るマカロンとの別れを想像した。セオリー通りならマカロンの方が先に寿命を迎える。俺はたぶん、淡々と受け止められる。

でも、和花は哀しむだろう。そして、犀川さんは……。

また、あの時のようにとんでもない真似をしないよう、釘《くぎ》を刺しておかなくてはいけない。小さく息を吐き、見上げた夜空には小さな星が一つ、光っていた。

「……」


マカロンの散歩を終えて家に戻ると、風呂上《ふろあ》がりの和花が、台所のテーブルでスマホを弄《いじ》っていた。

「お兄ちゃん、これ見てよ」

「なんだ？」

和花が差し出して来るスマホを見れば、昨日、店の前で撮った写真がある。例の犀川さんだけぼやけている、心霊写真のようなあれだ。折角、三人で撮った記念写真だったのに、ぼやけてるなんて…と和花はむっとしている。

「プロの人だっていうから、期待してたのにな。犀川さん、写真を厭がるから、一緒に撮れる機会なんて滅多にないのに」

「…まあ…そういうこともあるよ」

評価が下がってしまっている吉永さんを気の毒に思いつつ…決して、彼の腕が悪いわけじゃないのだ…適当に取りなす。尚《なお》も、スマホを見ながら和花がぶつぶつ言っていると、ふいに「すみません」と謝る犀川さんの声が聞こえた。

犀川さんは気配を隠すのがうまい。いや、気配そのものがないのだと思う。和花と一緒に息を呑《の》んで振り返ると、いつの間にか犀川さんが背後に立っていた。全く笑みのない恐ろしい顔で和花のスマホをちらりと見て、ぼそりと呟く。

「写真は苦手なんです」

「あ…うん。それは知ってるけど…」

「写真に写ると魂が抜かれると聞きまして。それ以来、つい動いてしまうものですから」

そのせいでうまく写り込むことが出来ないと犀川さんが説明するのを、俺は全く信用出来なかった。いやいや。もっと超常現象的な力が作用してるんじゃないのか？　それに、魂が抜かれるって？

想像もしなかった言い訳に啞《あ》然《ぜん》とする俺の横で、和花も驚いた顔で犀川さんを見ていた。

「魂が抜かれるって…、いつの時代の話なの？　大丈夫だよ～。ほら、私だってお兄ちゃんだって、ぴんぴんしてるでしょ？　だから、今度はちゃんと撮ろうよ」

「すみません。無理です」

犀川さんにぴしゃりと断られてしまい、和花もそれ以上言えず、「そうなの？」と首を傾げる。すたすたと座敷の方へ入って行く犀川さんを二人で見送り、互いに肩を竦《すく》めた。犀川さんは頑固で、一度言い出したら聞かない。幼い頃から一緒にいて、学習している俺たちは早々に諦《あきら》めた。

和花が二階の部屋に行った後、俺は風呂《ふろ》に入った。風呂から出て来ると、犀川さんは座敷でアイロンをかけていた。姿勢よく正座してアイロンをかけている犀川さんに、手伝いましょうかと声をかけると、首を横に振られる。

「お気遣いなく。先に休んで下さい」

「じゃ…。……犀川さん」

「はい？」

「さっきの、嘘ですよね？」

魂が抜かれるから動いてしまうなんて。それより、犀川さんは人間じゃないから、写真に写らないのだという説明の方が、俺には納得がいく。和花もいないし、犀川さんは本当のことを言ってくれるかと思ったのだが、「いいえ」と否定された。

「そうでもありません」

「写真に写ると魂が抜かれるって…本当に信じてるんですか？」

「はい。そう教えられました」

誰に？　続けて聞いた俺に、犀川さんは「菜桜《なお》さんです」と答える。

「菜桜？」

「彰文《あきふみ》さんのお母さんです」

「…！」

彰文というのは祖父の名で、その母ならば、俺の曾祖母《そうそぼ》だ。つまり…「監視」がついていた人だと分かり、どきりとしてその場に膝《ひざ》を突いて座った。

「ちょっと待って下さい。…だったら…菜桜というのは俺の曾祖母で……まさか…、犀川さんはひいおばあさんも監視していたんですか？」

「………」

思いがけない事実を知り、驚いて尋ねる俺の勢いは強いものだったのだろう。犀川さんは微《かす》かに眉《まゆ》を顰《ひそ》め、無言になる。しばらく、迷っているような感じで手の動きを止めていたが、冷たさの宿る目で俺を一瞥《いちべつ》した後、アイロンがけを再開する。

「犀川さん」

答えて欲しくて、犀川さんの名を呼んだが、返事はない。本当は漏らしてはいけない一言だったのかもしれない。犀川さんの表情はいつも以上に頑《かたく》なに見え、何を言っても無駄だろうと思い、溜め息を吐いた。

手際よくアイロンをかけ続ける犀川さんの傍を離れ、自室へ向かう。押し入れから出した布団を敷くと、その上にごろりと横になった。

「まさか……」

天井を見上げて考えていると、思わず独り言が零《こぼ》れた。犀川さんと同じような死に神が曾祖母を監視していたという話は祖父から聞いたが、犀川さんと同じ人物だとは言ってなかった。祖父は曾祖母についていた死に神も、犀川さんも見ている。同一人物だったら分かったはずだ。

どういうことなのだろうと首を捻《ひね》ったが、犀川さんの存在自体謎なのだから、考えても分かるわけがない。言えることはただ一つ。犀川さんならどんな不思議もあり得るってことだ。あれはヒトじゃないんだよ。すぐ傍にいる犀川さんを指してそう言った祖父の声が、耳元で蘇《よみがえ》って来るような気がした。

母の通夜の最中、突如目の前に現れた犀川さんに驚き、俺は祖父を呼びに行った。おじいちゃん、変な人がいる。そう訴えた俺のすぐ後ろにいた犀川さんを見た祖父は、すぐにその正体を見抜いた。

祖父は俺と犀川さんを連れ、弔問客が大勢いる母屋《おもや》から離れて、人気のない医院へ向かった。そこで犀川さんと話があると言って、俺を一人、待合室に待たせた。しばらくして診察室の方へ呼ばれた俺は、祖父から犀川さんの説明を受けたのだ。

「いいかい、柚琉《ゆずる》。湊の家には時々、特別な力を持つ人間が現れるんだ。そういう人間にはあれがつくことになっている」

「あれって……あのおじさん？」

「ああ。あれは人間に見えるが、ヒトじゃないんだ」

「ヒトじゃないって？」

「死に神なんだよ」

まだ五歳だった俺にどれほどの理解力があるか、祖父も計りかねていたとは思う。けれど、祖父の真剣さと、犀川さんの発する独特の雰囲気は、幼子だった俺を強引に納得させる力を持っていた。

祖父が「死に神」と呼んだ犀川さんを見ると、怒っているような無表情で立ち尽くしていた。子供には恐ろしい様相だったが、不思議と怯《おび》えるような気持ちは生まれなかった。

それよりも、祖父が言った「特別な力を持つ人間」という言葉の方に、戸惑いを覚えていた。

「……」

犀川さんは俺を監視しに来たと言ったから、特別な力を持つ人間というのが自分であるのは分かったが、それがどういう力なのか。その時の俺は朧気《おぼろげ》にしか理解出来ていなかった。何となく分かっていても、認めるには恐ろし過ぎる現実だった。

その後、祖父は父を呼び、犀川さんを紹介した。「犀川」という名をつけたのはたぶん祖父だったのだと思う。曾祖母の頃にはただ何となくいるだけで許されても、時代的に名前がなくては不便だと考えたのだろう。

祖父は犀川さんの正体を誰にも言わないと、俺に約束させた。祖父と父、俺の三人だけの秘密で、和花にも生涯、話してはいけないと言った。和花にどうして話してはいけないのか。その時は祖父の意図を図れないまま頷《うなず》いたが、自分の「したこと」を少しずつ認識していく内に、納得出来るようになった。

そして、母の葬儀が終わってしばらくした頃、祖父は俺に言った。

「柚琉。この前、したようなことはもうしてはいけないよ」

縁側に並んで座り、祖父にそう言われた俺は、ぎこちなく頷いた。俺が何をしたのか、祖父は具体的に言わなかったけれど、どういう意味なのかは肌で分かっていた。泣きそうな顔で頷いた俺に、祖父は優しい笑みを浮かべて続けた。

「お前が辛くなるだけだからね。もう時代が違うんだ。不思議な力を純粋に信じる人間なんていやしない。よかれと思ってしたことで、お前が苦しんではいけないからね」

祖父は恐らく、曾祖母の悩みや葛藤《かっとう》を間近で見ていたから、そのように言ったのだと思う。その場にはもちろん犀川さんもいて、祖父は犀川さんに帰るよう促した。

「この子には何もさせない。だから、お前も必要ないよ。帰ってくれていい」

「そういうわけにはいきません。私は柚琉さんが死ぬまで傍にいます」

「監視の必要はないと言ってるんだ」

「柚琉さんは力を持っています。どれほど固く約束しても、人間というのは状況次第で心変わりするものですから」

淡々と返す犀川さんに、祖父はそれ以上何も言えなかった。祖父自身、迷いがあったのだろう。実際、俺が八歳の時に祖父が亡くなると、状況は一変した。

祖父は生きている間、うちを訪ねて来る「お客」に一人で会っていた。俺に何もさせない為に、「お客」の望みを全て断ってくれていたのだ。しかし、父は祖父と違う考えを持っていた。二人が俺の力に関して影で衝突しているのに気付いていた。

祖父が否定派ならば、父は肯定派だった。湊の家で、特別な力を持って生まれたのであれば、人の役に立つことをするのが当然だと父は考えていたのだ。父は俺を連れて「お客」

に会い、俺にあることをするように強要した。

そんな真似は出来ないと、泣きながら拒絶しても、父は許してくれなかった。母が亡くなった時点で…つまり、俺に特別な力があるのだと知った時点で、父の中の何かが綻《ほころ》び始めたのだ。祖父が生きている間は何とかバランスを保っていた父の心は、それから急速に壊れていった。

父は俺に……。

「っ…」

胸を押さえ付けられるような苦しさから逃げるようにして目覚めた。いつの間にか部屋の中は明るくなっており、犀川さんのことを考えながら眠ってしまっていたのだと分かる。寝ている間に寒くなって、中途半端に引き寄せた布団が、変な格好で自分の上にかかっていた。

ごろりと寝返りを打ち、時計を見れば八時過ぎ。息を吐いて起き上がると、布団を畳んで部屋を出る。台所では和花が朝食を作っていて、手伝うと声をかけた。

「もう出来るからいいよ。お仏壇、お願い出来る?」

「了解」

和花の求めに頷き、台所の向かい側の座敷を抜けて仏間に向かう。毎朝、仏壇の水を取り替えることになっていて、その器を下げて台所へ戻り、新しい水を汲《く》んだ。それを仏壇へ運び、定位置に置いてから、その前に正座する。

手を合わせて拝んでから、何気なく目を開けると、仏壇に並んだ写真が目に入った。手前に並んでいる新しい二つは母と祖父のもので、その後ろには古い写真が幾つかある。立ち上がって覗《のぞ》き込んでみると、曾祖母と思《おぼ》しき人の写真もあった。

今まで気にも留めてなかったけど、犀川さんの一言で曾祖母のことが気になった。小さな写真立てを手に取って見てみると、白黒写真に着物姿の女性が写っている。曾祖母は七十近くまで生きていたらしいが、俺は亡くなった後に生まれているので実際には会っていない。

この人が恐らく、「菜桜さん」なのだろう。そんなことを考えた時だ。

「おはようございます」

「…‼」

突然聞こえた声にびくっとして振り返ると、犀川さんが立っていた。驚いたせいで俺が落としてしまった写真立てを、犀川さんは身を屈《かが》めて拾い上げる。

「あ…いや、その……」

疚《やま》しい真似をしていたわけでもないのに、焦る俺の前で、犀川さんは曾祖母の写真を一時見つめた後、仏壇に戻した。一瞬だったけど、犀川さんの顔に懐かしむような表情が見えたのは気のせいだろうか。

やっぱり、曾祖母の傍にいたのは犀川さんなのだろうか？

「お水は？」

「…替えました」

「では、和花さんを手伝って来ます」

脇に洗濯籠《かご》を抱え、犀川さんが行ってしまうと、深々と息を吐き出す。犀川さんに関しては未《いま》だに分からないことだらけだ。これもきっと謎のままなのだろうなと思い、仏壇をもう一度拝んでから、台所へ向かった。

和花が作ってくれた味噌汁《みそしる》をそれぞれのお椀《わん》に注ぎ、出汁《だし》巻き卵に常備菜のおひたしと煮物で朝食にした。綺麗《きれい》に焼けた出汁巻き卵にまで、犀川さんは唐辛子パウダーをかけて食べる。昔も唐辛子パウダーってあったのかなって考えていると、和花が「そうだ」と声を上げた。

「お兄ちゃん、ウェディングケーキなんだけど…」

「……」

ぎくり。そうだった…。もう月曜になってしまったのに、会場が決まってないのである。

津守からも音沙汰《おとさた》はなく、今日こそは絶対に何とかしなくてはいけないと腹に決めつつ、

「ああ」と相槌《あいづち》を打つ。

「お店もあるし、私一人じゃ自信ないから、友達に手伝って貰《もら》おうと思って」

「そうか。悪いな。迷惑かける」

「ううん。今日、その友達が近くまで来るついでに顔を出してくれるって言ってたから、お願いしようと思うんだけど……大丈夫なんだよね？」

和花が確認したいのは、本当に結婚パーティが開かれるかどうかってことなのだろう。

不安に思う気持ちはものすごくよく分かる。あと二週間を切ってしまったのに、肝心の会場が決まってないという一大事を、俺も重々承知はしている。

神妙な顔で「何とかする」と答えた俺に、和花は気の毒そうな表情で「頑張ってね」と言った。朝食を食べたら早速、津守に電話だ。ががっと勢いよく茶碗《ちゃわん》のご飯を平らげ、空の食器をシンクへさげてから、自室に携帯を取りに行く。

座卓の上に置いてあった携帯を手にし、部屋を出ながら津守に電話してみたが、相変わらずの留守番メッセージしか聞こえなかった。大きく嘆息して、再び台所に戻ると、俺の表情だけで状況を読んだ和花が、「捕まらない？」と聞いて来た。

「ずっと留守電なんだ。病院にいるんだろうが…」

「津守さん、忙しいもんね」

和花は仕方ないよと言いたそうだったが、今回ばかりは仕方ないではすまされない。ただの飲み会ではなく、結婚パーティなのだ。やはり津守の病院に乗り込んで、本人を捕まえるしかないかと嘆息した。

朝食を終えた和花と犀川さんに、片付けは俺がすると言い、二人には店に行って貰った。津守の勤める病院は横浜にあり、うちからは電車を乗り継いで片道一時間ほどかかる。俺にとっては結構な遠出だが、このままいつ来るか分からない連絡を待っているより確実だろう。昼食の準備だけしてから、病院を訪ねてみようと考えながら、後片付けを済ませた。細々とした家事も済ませ、昼の支度までには少し時間があったので、自室でパソコンを開いた。ぱちぱちとキーボードを打っている間に時刻が十時半になったのを見て、そろそろと思いかけた時だ。

「おーい、いるかー？」

「!!」

この声は！　台所の方から聞こえて来た声に飛び上がり、俺はパソコンを閉じることもさておいて、急いで部屋を出た。もつれそうな足運びで廊下を駆け、座敷をショートカットして台所に出ると、津守が椅子を引いて座るところだった。

「いたのか。人にはすぐに連絡を寄越せと、くどいくらいにメッセージを入れて来た癖に、出かけてるのかと呆《あき》れてたところだ」

「俺はいつも台所にいるわけじゃない」

「俺が来ると大抵台所にいるじゃないか」

「それはお前が飯時ばかりに現れるからだ」

「そうだ。腹が減ってるんだ。何か作ってくれ」

思い出したように言う津守に、色々と言いたいことはあったが、堂々巡りだと分かっている言い合いをしている場合ではない。どうせ和花たちの為に昼の支度にかかろうとしていたところだ。つかつかと冷蔵庫に歩み寄り、オムライスでいいかと聞いた。

「構わん。ただ…」

「分かってる」

皆まで言う必要はないと遮り、「それより」と自分の用件を持ち出す。昼の支度をしたら津守の病院まで出向こうと決心までしていたのだ。この機会を絶対に逃すものかと鼻息荒く、結婚パーティの会場の件だと切り出した。

「会場がまだ見つからないんだ」

「ほう。俺に任せておけと鼻息荒く言ってたのにか？」

「そんなこと、一言だって、言った覚えはない！」

苦渋の決断で仕方なく引き受けてやったというのに、非難めいた目を向けて来る津守には心底腹が立つ。天然でなければ殴り飛ばしてるところだ。いちいち殴り飛ばしていたら、こっちの身が持たないととうに諦《あきら》めてはいるのだが。

「深町にも協力させて、色々当たってみたんだが、日にちも迫っているし、日柄が良いこともあって、それなりのところは全て埋まってるんだ。キャンセルが出るのを祈るか、時間を夜にずらすくらいしかなさそうなんだが…」

「式は午前中だろう。だったら昼の方がいいんじゃないか」

「分かってる。だから、困ってるんだ」

窮状を訴えながら、フライパンを火にかけ、微塵《みじん》切りしておいた野菜をバターで炒《いた》めていく。にんじん、たまねぎ、ピーマン、ハム。具材にほどよく火が通ったところで別皿に移し、フライパンを軽く拭《ふ》いてから大きめのボウルを用意した。

卵をボウルに割り、塩胡椒《しおこしょう》と牛乳を加えて混ぜる。それをガスレンジの横に置いてから、炊飯器からご飯を一膳《ぜん》分注いだ。そして、椅子の背に肘《ひじ》をつき、つまらなそうな顔で俺を見ている津守を正面から見据え、反論は許さないという気迫を込めて、命令口調で最終手段を告げた。

「お前、実家に行って頼んで来い」

「……」

「深町とも話し合ったが、それしかない」

津守の実家は鎌倉でも有名な資産家だ。あちこちに不動産をわんさか持っているだけじゃなく、ゴルフ場やホテル経営にも携わっている。既に二週間を切っており、状況は非常に厳しくはあるが、津守の実家のコネを使えば何とかなるに違いない。

ただ、問題は…。

「俺に、実家へ行けと？」

渋い表情で確認する津守に、俺は心を鬼にして頷《うなず》く。深町も厭《いや》がるに違いないと言っていたし、俺も事情は理解しているが、結婚パーティに穴は開けられない。背に腹はかえられないという状況なのだ。

津守は一人っ子で、父親とも母親とも、仲が悪い。学生の頃、よんどころない事情で津守の両親と何度か会ったが、仲が悪いのも納得だった。父親も母親も、全員の性格が「津守」なのである。誰もが傲岸不遜《ごうがんふそん》で、唯我独尊で、我が道を行くタイプなのだから、揉《も》めるに決まっている。

働き始めてからの津守が相当な用でもない限り、実家に帰ったり、親に会ったりしてないのも知ってはいるが、他に方法が見当たらないのだから仕方ない。

「折り合いが悪いのは承知してる」

毅然《きぜん》とした態度で言い切る俺を、津守は物言いたげな顔で見つめていたが、自分自身、他に解決策が思いつかなかったのだろう。渋々、「分かった」と承知した。

津守にも自分がまいた種だという自覚があったらしいのにほっとし、内心でガッツポーズを決める。詳しい話の前にオムライスを作ってしまおうと思い、卵を割ったボウルに炒めた具材とご飯を入れて混ぜ込んだ。

それをバターを温めたフライパンに戻し、ラグビーボウルの形に形成していく。津守は上に玉子がのったオムライスが嫌いで、いつもこれを所望する。幼い頃に通っていた洋食店のオムライスがこのバージョンで、これ以外はオムライスじゃないと思ってるらしいのだ。

形よく出来上がったのに満足し、皿に移したオムライスにケチャップをかける。スプーンを添えたものを津守に出した後、和花と犀川さんのオムライスを続けて作ってしまおうと思ったのだが。

「お兄ちゃん、ちょっといい……あ、津守さん！」

店から戻って来た和花は、台所にいる津守を見て驚いた声を上げる。連絡がつかない津守に会う為に、病院まで行って来ると聞いていたからだろう。

「やあ、和花ちゃん。今日も可愛いね」

オムライスをすごい勢いで食べながらも賛辞を欠かさない津守に苦笑し、和花は俺に店まで来てくれないかと頼んだ。何の用かと聞くと、「ちょっと」と返される。

「？」

不思議に思いつつ、手を洗って、和花の後に続いた。営業時間でもないのに、店で俺に出来ることと言えば掃除くらいだが、それは犀川さんがやっている。呼ばれた理由がさっぱり分からないでいた俺は、和花について入った店で、思わぬ窮地に立たされることになった。

開け放されていたドアから店に入った和花は調理場ではなく、客席の方へ足を向けた。

俺もその後に続き、暖簾《のれん》をくぐったところで、動きが止まる。客席にいた思いがけない人影のせいだ。

「…!?」

客席の真ん中辺りに、若い男が一人立っていた。歳の頃は和花と同じくらい。格好は小《こ》綺麗《ぎれい》で、身長はさほど高くないが、痩《や》せ形《がた》でバランスのいい体格をしている。頭が小さく、女性が好みそうなソフトな顔立ちは、いわゆる、イケメンというやつだ。

これは…誰だ? 初対面の相手を訝《いぶか》しく思いながら見ていた俺に、和花は微《かす》かにはにかんだような表情を浮かべて紹介した。

「お兄ちゃん。製菓学校の同級生だった江崎《えざき》くん」

「………」

和花は高校卒業後、二年間、製菓学校に通っていた。その時の同級生だというが、そんな男がどうして今頃うちに? 訝しさが解消されず、眉《まゆ》を顰《ひそ》める俺を見て、和花は「ほら」と続ける。

「ウェディングケーキを作るのを手伝って貰《もら》うって話したでしょ?」

「あ…ああ」

確かにそれは聞いた。だが…男だなんて、聞いてない。友達に手伝って貰うと言っていたから、てっきり和花と同じようなほんわかしたお菓子好き女子が手伝いに来るのだと、頭から思い込んでいた。

まさか、男だったとは。しかも、こんなイケメンの…。

「初めまして。江崎です。和花さんにはお世話になってます」

呆然《ぼうぜん》としている俺に、その男はにっこり笑って名乗った。喋《しゃべ》り方一つでその人間の力量が知れるものだが、江崎はその点、誰からも合格点を貰えるだろうと思われた。フェミニンな外見からは想像がつかない低音ボイスの意外性と、的確な発音。はきはきとした口調は、人を動かすのにも向いてるんじゃないかと感じられる。

それに対して…。

「あ…、……兄です」

どう名乗ればいいか戸惑い、自分を「兄」としか言えない俺は、到底信頼というものには遠い。ここまでぐだぐだなのは不意を突かれたからだと言い訳したかったが、頭の中の混乱はひどくなっていく一方で、言葉にならなかった。

その上。

「何よ。和花さん、って。いつもは呼び捨てなのに」

「お兄さんの前で呼び捨てにするわけにはいかないだろ」

「……」

何だろう。今のやりとりは。二人の背景にハートマーク的なものが見えたのは気のせいか。いや、気のせいだ。気のせいに違いない。和花に限って…というのも変だが…、そんなことはない。ないはずなのだ。

自分に必死に言い聞かせながらも、無理があるのは分かっていた。心臓がすごい早さで鳴っている。これは…もしかして…。もしかして……。自分を追い込むような考えを浮かべていた俺に、和花が「お兄ちゃん」と呼びかける。

「っ……え…？」

「どうしたの？」

「…な、何でもない…、そ、それより…用っていうのは…」

江崎を紹介したかっただけなのかと聞いた俺に、和花は首を振る。そこで再び「まさか」という気分になった。まさか、江崎と…。

江崎とつき合ってるのとでも言われてしまったら！　江崎の方からも「おつき合いさせて頂いてます」なんて、正面から見据えられてはっきり宣言されてしまったら！　俺はどういう態度を取ればいいのか、ちっとも思いつかない。

江崎は何処からどう見たって、俺よりは確実に優れていそうな男だ。そもそも、俺のように不安定な身の上の兄に、交際を反対出来る資格はない。しかし、俺には和花が誰かと交際するのに戸惑う理由があった。ただ、それは決して和花には言えない。

困った。困ったぞ…と悩みながらも、俺の身体は徐々に後ずさっていた。逃げ出したいという気持ちが意識しないところで、足まで伝わっていったのだと思われる。

それに気付いた和花に「お兄ちゃん？」と不思議そうに呼びかけられ、咄嗟《とっさ》に津守の名前を出していた。

「その…、津守が来てるから…」

「あ、うん。それなんだけど…」

ね、と和花が江崎を見る。江崎が頷く。何の合図なのかちっとも分からんが、親しそうなのだけは分かる。頭の中が真っ白な俺に、和花は「結婚パーティの会場って」と切り出した。

「まだ決まってないんだよね？」

「………。…結婚パーティ？」

「ほら、津守さんの代わりに探してる」

突然、どうして話が変わったのかは分からないが、その会場なら確かに決まっていない。

ついさっき、津守に実家へ頼みに行かせることを承諾させたところで、あいつが飯を食い終わったら、詳細を詰めようと思っていた。無言で頷く俺に、和花は嬉《うれ》しそうな笑みを浮かべて手を叩《たた》く。

「だったら、よかった。お兄ちゃん、安心して。江崎くんが紹介してくれるって」

「……。え……？」

「だから、結婚パーティの会場にちょうどいいレストランを、江崎くんが紹介してくれるんだってば」

要領を得ない兄に困った顔で繰り返し、和花は江崎を見て「ね？」と話を振る。江崎は頷いて笑みを浮かべ、俺に向けて説明を始めた。

「俺の知り合いが横浜でフレンチレストランをオープンさせまして、見晴らしのいい広い庭もあるので、ウェディングパーティを扱い始めたんです。料理もうまいですし、どうかと思いまして」

な、んと。横浜のフレンチレストランとは、願ってもない物件である。しかも、ウェディングパーティにも対応しているのであれば、手間もかからないに違いない。だが……。

「で、でも、日にちが…来週の日曜と迫ってるので、何処も予約でいっぱいだと断られてしまったんですが」

「大丈夫です。確認したら、昼間なら貸し切りに出来るそうです」

そんな物件がまだ残っていたなんて、信じがたい。条件に合うような物件は既に当たりつくしたと思っていた。まさか、すごくぼろいとか…料理がまずいとか…、特別な理由があって空いてるのだろうか。

そんな風に訝しく思う気持ちは顔に出ていたらしい。和花が怪訝《けげん》そうに俺を見る。

「変なところじゃないよ。あの、フルール・ドゥ・ジャルダンなんだよ」

「フルール…」

胸を張って言う和花の態度から察するに有名店であると分かるが、俺には全く聞き覚えのない名前だ。しかし、だとしたら益々《ますます》怪しい話ではないか。そんな有名店がこんなぎりぎりになっても空いてるなんて。

江崎への複雑な心情もあって訝しさが拭《ぬぐ》えず、即答出来ないでいたのだが、そんな俺に代わって朗々とした声が返事をした。

「いい話じゃないか！」

「……」

店中に響き渡るような声で返事をしたのは、もちろん、津守である。台所でオムライスを食べていたはずなのに、いつの間に店まで来ていたのか。津守は昔から自分に都合のよさそうな話を嗅《か》ぎつける能力はピカイチだった。

唖然《あぜん》としている俺の前で、津守はつかつかと江崎の前まで歩み寄り、政治家みたいな胡《う》散臭《さんくさ》い笑みを浮かべて握手を求めた。戸惑う江崎の手を強引に握り、ご満悦を絵に描いたような顔で「素晴らしい！」と言って肩をばんばん叩く。

「君は救世主だよ。この男が任せておけと言うものだから、仕方なく任せたものの、全く使えなくてね。今になっても会場が押さえられていないというから、どうしようかと困ってたんだ」

「何言ってんだ！　仕方なく引き受けてやったのは俺の方だ！」

「ええと、ところで、君は誰だ？」

「え…江崎です。和花さんの友人で」

「そうか。さすが、和花ちゃん。駄目兄の尻《しり》ぬぐいまでしてしまうとは。あっぱれ」

「誰が駄目兄だ！　諸悪の根源はお前の方だろう！」

津守の言いたい放題にさせていたら、俺が本当の駄目人間のように思われてしまう。声を荒らげて否定したものの、役に立っていたかどうかは定かではない。津守は態度が堂々としているせいで、妙な真実味に溢《あふ》れた男なのだ。

舌打ちして津守を睨《にら》みつつも、俺自身、安堵《あんど》する気持ちはあった。有名店をこんなぎりぎりに予約出来るというのは信じがたい思いもあるが、本当にお願い出来るのであれば、有り難い話だ。津守を実家へ頼みに行かせようと思っていたものの、袖《そで》にされる可能性は高く…いや、喧嘩《けんか》して帰って来る可能性が高く…その場合はどうしたものか、悩ましく思っていた。

ただ、実家に行かずに済みそうでご機嫌な津守とは違い、俺には確認しなくてはならないことがある。津守の熱量に引いてる感じの江崎に、変な男ですまないと心の中で詫《わ》びつつ、「あの」と声をかけた。

「人数が五十人くらいになると思うんですが、大丈夫ですか？」

「あ…はい。それくらいなら余裕で行けるかと」

料理など、詳しいことに関しては店側と連絡を取って打ち合わせして欲しいと言い、江崎は和花を呼ぶ。

「和花。店のアドレス、お兄さんに教えてあげて」

「さっき、メールで送ったよ。お兄ちゃん、パソコンで見てみて」

「…分かった」

さっきは「和花さん」と呼んでいたのに、今「和花」と呼んだのは油断していたからか。つまり、普段は「和花」と呼んでいるのだろう。そんな細かなところまで気になってしまうのも、江崎に対する疑惑が解けていない為だ。

男女間で…しかも、同級生同士の間で、名前を呼び捨てにすることなど、よくある話だ。俺だって、深町を呼び捨てにしている。ただ、「麦《むぎ》」と名前では呼ばないが。

「……」

むうう。内心で唸《うな》る俺の心情には気付いてないらしい江崎は、サイトで店の電話番号を確認し、予約を取って打ち合わせして欲しいと続けた。

「さっき電話して話はしておきましたから。俺の名前を出して貰えばすぐに通じると思います」

「分かりました。ありがとうございます。お世話をおかけします」

「とんでもないです。和花…さんには昔からお世話になりっぱなしなので、お役に立てたら嬉しいです」

「お世話になりっぱなしって、本当にそんなこと思ってるの？」

「思ってるって」

知らなかったのかよ？　なんて軽口を返す江崎に、膨れっ面を見せる和花は、完全に心を許しているように見える。実に親しげだ。同じ学校に二年も通えば、親しくなるのも当然なのだろうが…。またしても心がもやもやしてきて、いけないと思い、家に戻って店に電話してみると和花に告げた。

「ついでに昼の用意をするが……」

江崎くんはどうするのかと聞こうとした時、向こうから、用があるのですぐにお暇《いとま》しますという返事がある。そつのない受け答えはスマートで厭《いや》みもない。俺も「ありがとうございました」と改めて礼を言い、津守と共に店をあとにした。

店に通じるドアを閉めると同時に、つい溜《た》め息《いき》が漏れる。複雑な心情でいる俺に、津守が追い打ちをかけるような台詞《せりふ》を投げかけて来た。

「あの、江崎とやらは和花ちゃんの彼氏か？」

「っ……!?」

何気なく聞いて来る津守に驚き、息を呑《の》んで目を見開く。そんな俺の反応は過剰なものだったらしい。津守は眇《すが》めた目で俺を見下ろし、鼻先から息を吐いた。

「シスコンも度が過ぎると嫌われるぞ」

「なんだ。シスコンって」

「和花ちゃんに彼氏が出来たのがショックなんだろう？」

冷静に指摘して来る津守に、険相で「違う」と言い首を振る。そんな単純な話ではないのだ。

「製菓学校時代の同級生らしい。深町が今度の結婚パーティに、ウェディングケーキがあった方がいいんじゃないかと言って、和花に頼んだんだ。店もあるから和花が友人に手伝って貰《もら》うといって……」

「友人には見えなかったぞ」

「……」

それは俺も同意見で、何も言えずに台所に向かって歩き始める。津守は後を追いかけて来て、しつこく俺に忠告した。

「お前は昔から、和花ちゃんのことになるとムキになるからな。和花ちゃんは優しい子だが、そろそろ兄よりも彼氏の方が大事になる年頃だろう。邪魔はせずに見守ってやれよ」

「……。彼氏だとは聞いてない」

あくまでも否定する俺に、津守は「頑固者が」と呆《あき》れたように吐き捨てる。何と言われようが、俺には手放しで喜んでやれない事情がある。仕方ないじゃないかと心の中で呟《つぶや》き、苦い気持ちが広がっていくのを感じていた。

和花が俺のメアドに送ってくれていたサイトで、店の内容や電話番号を確認し、予約の電話を入れた。江崎が言ってた通り、彼の名を出すととんとん拍子に話が進んで、ようやく結婚パーティを開く会場が確保出来た。

あれほど困っていたのが嘘のようで、しかも…。

『えっ、フルール・ドゥ・ジャルダンって、あの、フルール・ドゥ・ジャルダン?』

「あの、かどうかは知らないが、横浜にあるフレンチレストランの、フルール・ドゥ・ジャルダンという店だ」

『嘘っ!? こんなにぎりぎりにあの店の予約が取れるわけないじゃない。本当なの、湊。何かの間違いじゃないの?』

人に作らせた昼飯を食らい、会場が決まったことに安心して、津守が満足顔で帰って行った後、俺は深町に連絡を入れた。深町も結婚パーティの会場が決まらないことを心配して、あれこれ手を打ってくれようとしていたので、早々に報《しら》せる必要があった。

ようやく決まったぞ…と伝え、聞かれるままに店名を返したところ、大仰な反応が返って来たのだ。携帯から聞こえる高い声に眉《まゆ》を顰《ひそ》め、そんなに有名なのかと確認する俺に、深町は鼻息荒く説明する。

『フルール・ドゥ・ジャルダンといえば、都内の三つ星フレンチでグランシェフを務めていた、あの有名な陣内《じんない》シェフが満を持してオープンさせた店で、今、話題になってるのよ。ランチもディナーも予約必須の人気店で、ウェディングパーティを扱ってるって話は聞いたことがないんだけど…』

「最近、やり始めたようだぞ。そんな話をしていた」

『誰が？』

「…その、和花の知り合いが紹介してくれたんだ」

だから、予約出来たと続けようとした俺に、深町が「もしかして」と被《かぶ》せて来る。

『江崎くん？』

「……」

深町の口から江崎の名前が出て来るとは思っておらず、びっくりして息を呑んだ。台所では和花と犀川さんがオムライスを食べている。座敷で話していた俺は、和花に会話を聞かれないよう、それとなく縁側の方へ移動しながら「どうして知ってる？」と詰問するような口調で深町に聞いた。

長いつき合いだ。俺の口ぶりだけで、深町は心情まで察したようだった。

『シスコンもいい加減卒業しないとお荷物になるわよ。和花ちゃんだって二十八よ。彼氏の一人くらいいなきゃ…』

「彼氏…っ!?」

俺にだってもしかして…という考えがなかったわけじゃない。それでもやはり深町から確定的な物言いをされると衝撃で、思わず声が大きくなってしまった。台所までは聞こえなかったと思うが、自分の失態に舌打ちしつつ、砌石《みぎり》に置かれている庭下駄を履いて庭に出た。

深町は江崎のことを和花の「彼氏」として知っていたのか。どうして…。いつの間に…。心の中で暗雲を渦巻かせている俺に、深町はしれっとした物言いで訂正する。

『あ、違うか。彼氏じゃなくて、元カレね』

「元カレ!?」

『湊、知らなかったの？』

今度は「元カレ」という言葉に反応して繰り返す俺に、深町は意外そうに聞いて来る。知らなかったの？　って、知らなかったに決まってる。知ってたら、こんなに驚きはしない。過去に、和花に彼氏がいたなんて、俺には全くの初耳だ。

「ど、ど、どういうことだ？」

『そんなに驚かなくても…。和花ちゃんは可愛いし、性格もいいし、彼氏の一人や二人、いたっておかしくないでしょうよ』

「ふ、二人もいたのか？」

『……。私が知ってるのは江崎くんだけよ』

言葉の綾《あや》を愚直に受け取る俺に、深町は呆れたように返す。それから溜め息が混じっているような物言いで、和花と江崎に関して知っていることを教えてくれた。

『製菓学校に通ってる頃につき合い始めて、江崎くんは製菓学校の後に別の調理師学校に行って、フレンチのシェフになったのよ。その後、江崎くんはフランスに修行に行ったんだけど、その時に別れたような話をしてたわ』

「和花が、深町に、話したのか？」

『何よ。その不服そうな物言いは』

無理矢理聞き出したわけじゃない。女子トークの一つとして話してくれただけだと言うが、俺には解せなかった。何が解せないって、どうして兄の俺には一言も言わず、兄の友人には話しているかということだ。

確かに、年がら年中うちに出入りしている深町と和花は、姉妹のように仲が良いのだが……。でも、俺は実の兄だ。

そんな俺の不満が電話越しにも伝わったのだろう。深町は「あのね」と諭すように言う。

『私だって兄貴に彼氏の話なんか、一度もしたことないわよ。兄と妹なんて、そういうものよ』

深町には三つ年上の兄がいる。深町の提示した具体例は説得力のあるものだったが、今度は別の点が気になった。

「……。深町にも彼氏が？」

『……。それは今関係ないでしょう。とにかく、湊は知らないでしょうけど、江崎くんはフランスから帰って来た後、有名店でシェフとして働き始めて、フレンチの世界では若手ナンバーワンって言われるほどの腕の持ち主なのよ。フルール・ドゥ・ジャルダンの陣内シェフとも懇意にしてるはずだから、予約が取れたのは江崎くんのお陰ね』

江崎の口添えがなかったら無理だったと言い、深町は感謝するように求める。いいようにごまかされた気がしたが、俺としては追及しても恐ろしいような話題だ。「そうか」と相槌《あいづち》を打ち、和花との関係はとりあえず棚上げにして、江崎には改めて礼を言わねばなるまいと心に留めた。

『西村にも伝えておくわね。喜ぶわよ。西村も角田も食いしん坊だし。湊の名前で予約してるの？　料理とかは？』

「その辺なんだが、悪いが、深町が打ち合わせしてくれないか。立食にするか着席にするかとか、聞かれたんだが、俺には決めかねてな。深町の方が気が利いてるだろう」

『了解。じゃ、打ち合わせとくね。私が身動き取れない時は頼んでもいい？』

本来、この辺りの打ち合わせも全て津守がやるべきところなのだろうが、本人は全て終わったつもりで帰って行った。会場を決めてやったんだからこの先はお前がやれと津守に後を託せば、またまた話が滞るだけだ。つくづく貧乏性な自分を呪いたい気分で深町に「ああ」と返事をした。

ただ、一つ念を押しておかなくてはいけないことがあったので、「だが」と続ける。

「協力出来ることはするが、パーティには出ないぞ」

『……。なんで？』

「なんでって…」

分かっているに違いないのに敢《あ》えて聞いて来る深町に苦い思いを抱き、言葉に詰まった。はっきりと言うべきかどうか悩む俺に、深町は「ところで津守は？」と話を変えて来る。俺は内心で嘆息し、さっきまでうちにいたのだと返した。

「電話は留守電ばかりでちっとも連絡がつかず、病院まで行こうと思ってたところに顔を出したんだ。実家に行かずに済んだから、よかったよかったと満足顔で帰って行ったぞ」

『あいつ…。予約するだけが幹事の仕事じゃないでしょうが。他の段取りはどうするつもりなのよ』

「幹事役も満喫しただろうし、これ以上、口出しもしてこないだろう。ことを穏便に納める為にも、もうあいつは関わらせない方がいい」

タイムラグが三日以上あるような男など、あてになどしてられない。深町ももちろん同意見で、また連絡すると言い通話を切る。出席しないという俺の意志を深町は分かっているのか、いないのか。はあと息を吐いて携帯を閉じると、自然と眉間《みけん》に皺《しわ》が刻まれた。

会場は決まっても、まだ一波乱くらいありそうだが、それよりも気になるのは江崎だ。和花の元カレだったとは。親しげだったのも当然だ。だが、同時に生まれるのは…、元カレとあんなに親しげにしていられるものだろうか？　という疑惑である。もしかして、よりが戻ったとか…そういう可能性もあるんじゃないか。

どうしたものかと憂える眉間の皺は深くなっていく一方だった。

深町の言う通り、二十八という年齢になる和花に、彼氏の一人くらいいたっておかしくないのは分かっている。いや、二十八であれば、子供がいたっておかしくない。その上、イケメンで有名シェフだという江崎は、俺のような男が文句をつけられる相手じゃない。並んでいるのを見ただけでお似合いだと思えた。和花には申し分のない相手なのだろう。

それは分かっているのだが…。

「お兄ちゃん」

「わっ」

ぼんやり考え込んでいた俺は背後から聞こえた声に驚き、小さく飛び上がる。振り返れば、和花が不思議そうな顔で立っていた。

「マカロンの散歩に行くの？」

和花がそう思うのも無理はない。俺は犬小屋の前で、寝ているマカロンを眺めながら考え事をしていたのだ。散歩に行くつもりはなかったが、そうしなくてはいけないような格好になり、「ああ」と頷《うなず》いて立ち上がる。

「じゃ、私も行こうかな」

今日は水曜で、おやつ処みなとの定休日である。和花は午前中、店であれこれ片付け物をしていたが、午後は自宅の方へ戻って来ていた。たまには皆で散歩に行きたいと言うので、マカロンのリードを和花に任せ、俺はマナーバッグを手に後ろをついて行く。

「昨夜ね。麦ちゃんから電話番号を聞いて、西村さんと話したよ。ほら、新婦さんの」

「ああ」

「どういうウェディングケーキがいいかなと思って好みを聞いたの。そしたら、おかしいんだよ。西村さん、今、ウェディングドレスを着る為にダイエット中で、甘い物も全然食べてないんだって。だから、パーティでは楽な服に着替えて思い切り食べるつもりだから、何でもいいって言うの」

なるほど。確かに記憶にある西村はドレスに向くような体型ではなかった。女性ならではの苦労だなと思い、思う存分食べさせてやってくれと頼む俺に、和花は笑って頷く。

「もちろん。西村さんと話して大体のイメージも摑《つか》めたし。あとは江崎くんにも相談して決めるよ」

「あ…ああ…」

「でも、西村さん、偉いよね。私には甘い物断ちは無理だなあ。だから、いつもダイエットが成功しないんだよねえ」

「……」

江崎の名前が出たばかりなのもあって、和花がウェディングドレスを念頭に置いて話しているのではないかと思い、どきりとする。まさか…ドレスを着て江崎の隣に並ぶ姿を想像しているのではあるまいか。

やはり…和花に直接、江崎とはどういう関係であるのか、聞いてみようか。元カレだというのならそれでいい。だが、もしも、元カレで復縁したのと言われてしまったら…。三十を目前にしたカップルが結婚を意識するのはごく自然の成り行きだろうし…、和花と江崎にもそんな話が出ているのだとしたら…。

頭の中が妄想でいっぱいになっていた俺は、周囲の状況が窺《うかが》えていなかった。和花と二人きり…マカロンもいるが…のつもりだったのに、突如、「あら」という声が聞こえて息を呑《の》む。

「今日は兄妹《きょうだい》でお散歩?」

「こんにちは。ラブちゃんもお散歩ですか?」

声をかけて来たのは先日も会った、コーギー犬の飼い主だった。この前と同じカートを押しており、その音もしたはずなのに全く耳に入っていなかった。和花は犬の名前も知っているようで、カートの中を覗《のぞ》き込んでコーギーに挨拶《あいさつ》する。

「ラブちゃん、元気～?」

「そうでもないのよ。いつもは夜に連れ出してるんだけど、余り気分がよくない感じだから、外の風に当ててあげようと思って散歩に出て来たの」

「そうですね。確かに元気ないかも」

和花の横から覗いて見ると、俺の目にも先日より弱っているように映った。この前はお座りしていたが、今日は横たわったままだ。複雑な気分で視線を和花に移すと、哀しそうな顔でコーギーを見ている。

飼い主の女性はそろそろじゃないかと、覚悟しているのだと話した。

「こんなに弱っちゃって…ご飯も食べなくなってるし…」

「そんなことないですよ。うちに前いた犬も歳取って弱っちゃって、こんな感じだったんですけど、持ち直したりして、結構長生きしたんですよ。ラブちゃんもまだまだ頑張ってくれます」

ね…とコーギーに話しかける和花を見ていられずに、一歩退いた。和花はコーギーを撫《な》でて「元気になるんだよ」と声をかけた後、カートを押して去って行く女性を見送った。

いつまでも見ている和花に「行くか」と声をかけると、はっとしたように振り返る。

「うん」

それからしばらく無言で歩いていたのだが、和花が何を話し出すか、おおよその見当は付いていた。何を思い出しているのかが、分かっていたのだ。

「マカロンはあとどれくらい、一緒にいてくれるのかな」

「…さあな」

「保護された時に二歳くらいだろうって話だったよね。あれから三年だから…五歳として…あと十年くらいは大丈夫だよね？　前の武蔵丸だって十七年くらい生きたんだもんね」

武蔵丸は俺が生まれた時に湊の家で飼い始めた犬で、和花が十二歳の時に亡くなった。

さっきのコーギーを見ながら、和花は武蔵丸のことを考えているのだろうと思っていた。

心の中で溜《た》め息《いき》を吐き、単純に計算出来るものじゃないと指摘する。

「病気だってするかもしれないし」

「ちゃんと獣医さんにも行ってるし、ご飯にも気をつけてるよ。…あ、でも、ちょっと太り気味だって言われたんだった…。マカロン〜。やっぱおやつ控えなきゃいけないよ」

長生きしなきゃいけないもんね…とマカロンに話しかけながら歩く和花の横で、俺はどうしても厭《いや》な想像を止められないでいた。マカロンが死にそうになったら、きっと和花は哀しむだろう。前の武蔵丸の時のように。

マカロンを飼うのを、俺は反対した。飼う前から死ぬ時のことを恐れたのだ。またあんなことがあってはならないと思って。


散歩を終えて家に戻ると、犀川さんが庭で掃き掃除をしていた。俺たちが帰って来たのに気付き、庭へ続く木戸から顔を出して和花の名を呼ぶ。

「和花さん。宅配便の荷物が届いてました。店の冷蔵庫に入れてあります」

「あ、そうだった。ありがとう、犀川さん。お兄ちゃん、マカロンお願いね」

リードを俺に託し、和花は慌てて家の中に入って行く。昼間、マカロンは玄関横の犬小屋にいるので、それにリードを繋《つな》いで水を替えてやると、掃き掃除を再開している犀川さんに声をかけた。

「犀川さん、手伝いましょうか？」

「いえ、もう終わりますから」

大丈夫だと言い、犀川さんは規則的な音を立てて落ち葉を掃き集める。その姿を眺めていた俺は、以前にも話したけれど、もう一度確認しておこうと思い、木戸を開けて庭に入った。

縁側に腰掛け、頃合いを見計らって「犀川さん」と呼びかける。はい、と返事した犀川さんは、動きを止めて振り返った。

「マカロンのことなんですが」

「はい」

「前にも言いましたけど…マカロンが死にそうになって、和花が哀しんだとしても、今度は何もしないで下さい」

俺の頼みに犀川さんは「はい」と返す。犀川さんは無表情で、どう思っているのかは分からなかったけれど、約束したことを破る人じゃない（人、じゃないけど）。守ってくれるはずだと信じ、小さく息を吐く。

前に飼っていた武蔵丸のことを、死にそうになっても何度も持ち直して長生きしてくれたと、和花は思ってる。だが、本当は違う。

「あの時…和花は色々辛い時期で、犀川さんは可哀想に思って、あんなことをしたのかもしれませんが…俺はやっぱり、間違ってると思うんです」

武蔵丸が老衰で寝たきりになってしまった頃、同じくして、様子のおかしかった父が失踪《しっそう》した。不幸が重なり落ち込んでいる和花を犀川さんなりに心配したのだろう。せめて…と思った行動だったのかもしれない。

犀川さんはよその犬から少しずつ「命」を取って来て、武蔵丸に移していた。今夜がヤマで、明日には死んでるかもしれないと覚悟しながら寝ると、翌朝には元気になっている…というのが何度か続き、俺はおかしいと気付いた。

もしかすると犀川さんの仕業かもしれないと思い、夜中起きて密かに見張っていた。すると、深夜に出かけて行く犀川さんを見つけ、あとを尾《つ》けた。犀川さんは犬を飼っている近くの家に入って行き、寝ている犬に触れた。

犬から出て来たぼんやりした光が、「命」の欠片《かけら》であるのを俺は知っていた。犀川さんがヒトじゃないのを分かっていたつもりだったが、実感したのはあの時が初めてで、背筋が寒くなるような思いを味わった。

俺は犀川さんに声をかけ、その犬に「命」を戻して貰《もら》った。駄目です…と言って首を横に振った俺を、犀川さんは戸惑ったような目で見て、「すみませんでした」と詫《わ》びた。

「マカロンが死んだら…和花は哀しむと思いますが、仕方のないことなんです」

犀川さんの行動を俺が制した翌朝、武蔵丸は死んでいた。犀川さんは武蔵丸の命がいつ尽きるのかも分かっていたのだと思う。泣いて哀しむ和花を見ているのは辛かったが、犀川さんにあんなことを続けさせるわけにはいかなかった。

犬であっても、寿命というのはそれぞれに大切なものである。それを勝手な都合で縮めるのは、許されるべき真似じゃない。どうしてあんなことをしたのかと、武蔵丸が死んだ後に理由を聞いてみたが、犀川さんは答えてくれなかった。

俺に想像がついたのは、犀川さんは和花を特別に大事に思っているからだという、単純な理由だった。たぶん、犀川さんは和花の哀しむ顔を見たくなかっただけなのだ。

「……………」

犀川さんにとって和花は、俺の「監視役」として傍にいることになった、きっかけそのものである。あれ以来、赤ん坊だった和花と、子供だった俺の傍にずっと一緒にいてくれた。死に神であるという特殊さや、その恐ろしい外見には問題があったけれど、それでも、俺たち兄妹は犀川さんに助けられて来た。

父も祖父も診察で忙しかったので、学校に忘れ物などを届けに来てくれるのは犀川さんだった。和花が出かけて帰りが遅くなる時は今でもバス停まで迎えに行く。俺も兄として和花を大切に思っているが、犀川さんは親のような気持ちでいるに違いない。

そんな犀川さんは江崎の存在をどう思うのだろう。もしも、和花が結婚すると言い出したら…。またしてももやもやして来た心を抱えて、箒《ほうき》を手に立っている犀川さんを見ると、「何か？」と聞かれる。

「…もし…和花が結婚したいと…言ったら…、犀川さんはどうしますか？」

「江崎さんですか？」

「！」

俺は江崎の名前を一切出していないのに、犀川さんがその名前を返して来たのに驚く。江崎が訪ねて来た時、犀川さんも和花から紹介されたに違いなく、その際、「彼氏」などという言葉が出たのだろうか。

俺にはそんなこと一切言わなかったが、犀川さんには……言ってるかもしれない。俺が考えている以上に、二人の間に信頼関係があるのだと悟ったのは、和花が犀川さんに手伝って貰って店を始めると言い出した時だ。

もしかして…という思いで、確認してみた。

「和花は…江崎くんのことを犀川さんには『彼氏』だと、紹介したんですか？」

「いえ。でも、和花さんが製菓学校に通っていた頃、江崎という名前の方とつき合い始めたという話を聞いてましたので、あの方なのだろうと」

「!!」

ちょっと待てい！　犀川さんは無表情かつ淡々とした口調で説明しているが、俺にとっては聞き捨てならない内容だ。ということは、犀川さんは和花が製菓学校に通っていた頃…八年以上も前に、江崎とつき合い始めたと聞いていたのか？

なんてことだ。深町も同じように二人は製菓学校時代からのつき合いだと言っていた。つまり、江崎の存在を知らなかったのは俺だけなのか。なんてことだ！　家庭に事情があったせいもあり、兄妹としては仲の良い方だとずっと信じていた。なのに、どうして俺だけには話してくれなかったのか。

愕然《がくぜん》とする俺の心中を犀川さんなりに察したのだろう。俯《うつむ》く俺に「柚琉さん」と声をかける。

「あの頃、柚琉さんはとても忙しかったので、和花さんは話したくても、タイミングがなかったのだと思います。和花さんからもそんな話を聞きました」

「……」

和花が製菓学校に通っている頃、俺は慣れないサラリーマン生活を必死で送っていたし、その後は作家としてデビューし、一時の間、目まぐるしいほど忙しかった。数えてみれば、二人がつき合っていたのはちょうどその頃と重なっており、和花が話すのを躊躇《ためら》ったのも無理はないと思えるのだが…。

それにしたって、犀川さんと深町は知っていたのに、俺だけ知らなかったという事実は、へこむものだ。はあ…と溜め息を吐くと、犀川さんは再び掃き掃除を始める。犀川さんは結局、俺の問いかけには答えなかった。

和花が結婚すると言い出したらどうするか。反対して、和花を哀しませたくはない。そういう気持ちはあっても、反対するしかないのだという思いもある。俺と同じように、和花を哀しませたくないと思っている犀川さんは…なんて言うのだろう。見上げた空は高く澄んでいて、白い飛行機雲が細くたなびいていた。

【3】十六夜《いざよい》の神様

暗礁に乗り上げかけていた会場探しが思わぬ助けを得て解決した後、幹事である津守《つもり》を関わらせないと決めたことが功を奏し、俺と深町《ふかまち》によって結婚パーティの準備は粛々と進んでいった。そして、パーティまであと一週間を切った、日曜の夜。

「は？」

「だから、司会よ。司会」

店を閉めてから晩飯にして、その後片付けを終えた八時過ぎ。日曜だというのに仕事だったという深町が、帰りがけに訪ねて来るなり、意味不明なことを言い出した。司会とはなんぞや？　眉《まゆ》を顰《ひそ》めて首を傾げる俺に、深町は持参した缶ビールを開けて「今度の」と続ける。

「結婚パーティに決まってるじゃない。司会、頼んだから」

「誰に？」

「私と話してるのは誰よ？」

何を言ってるのかと怪訝《けげん》そうな顔で深町は聞き返して来るのだが、それは俺の台詞《せりふ》ではないのか。結婚パーティにどうして司会が必要なのかも疑問だが、その上、それを俺にやれというのは、益々《ますます》意味が分からない。ちょっと待て…と遮り、どういう考えなのか説明しろと要求した。

深町はめんどくさそうにビールを飲んで、「だって」と続ける。

「ウェディングケーキ入刀だってあるし、角田《かくた》はバンド仲間と歌うって言ってるし…司会を立てて進行させないと、ぐだぐだになるじゃないの」

「おい」

「何？」

「角田が歌うというのはどういう意味だ？」

角田は新郎としてちんまり座っている役所ではないのか。驚いた顔で聞く俺に、深町は角田がバンド仲間と共に曲を披露するのだと、まるで以前から決まっていたかのように言った。だが、角田がバンドを組んでいて、歌い手だったというのも俺は初耳だ。

角田と言えば、小柄で筋肉質で、モンキーテイストの濃い輩《やから》だったはずだ。それがバンドなど、想像もつかない。

「大学時代に目覚めたらしいのよ。うまいわよ」

「あの角田が……」

「だから、取《と》り敢《あ》えず、ウェディングケーキ入刀を先にやって、角田に歌って貰って……あ、あと、西村《にしむら》の会社の人がマジックを披露したいらしくて、それと馬場《ばば》先生が……ほら、テニス部顧問だった……お祝い言いたいんだって。馬場ちゃん、話が長いからアレなんだけど、西村も断り切れなかったらしくて」

「待て」

「何よ」

「その全てを……俺に仕切れと？」

　パーティ会場を何とか押さえることが出来、ほっとしたのも束の間、新たな厄介ごとを押しつけられそうになっているのを予感した俺は、思い切り険相を作って深町を見た。それにもっと根本的なことを言えば、俺はパーティには出席しないと告げてあるのだ。それなのに、司会をやれというのは、納得がいかないし、到底引き受けるわけにはいかない。

「それに。そもそも、俺はパーティには出ないと言ったはずだぞ？」

「協力出来ることはするって言ったじゃない」

「各所への連絡やら、手配やらといった裏方の雑事に関してはな」

「司会も雑事の一つよ」

「当日に関することは一切、引き受けん。断る！」

ここはきっぱりとした態度で撥《は》ね付《つ》けなくては、とんでもないことになる。そう予感して、鼻息荒く断った俺を、深町ははかるように見ながらビールを飲み干す。コンビニの袋をがさがさせて二缶目のビールを取り出す深町は、出方を考えているようでもあって、よからぬ思惑を潰《つぶ》す為にも別方向からのアプローチを試みた。

「いいか？　冷静に考えてみろ。この俺に司会が務まると思うか？　人前で喋《しゃべ》った経験なんか、ほとんどないぞ」

「うまかったじゃない。受賞スピーチ」

「人の黒歴史を掘り返すな！」

人生においてトップ３に入る恥ずかしい思い出を持ち出され、声を荒らげる俺に、深町は肩を竦《すく》めて「すみませーん」と軽い調子で謝る。ちっとも本気で取っていない様子に苛《いら》つきつつ、更に続けた。

「自分で言うのも何だが、社会人としてさえ、いかがなものかと首を傾げられるような暮らしを送っている俺に、司会なんて出来るわけがないだろう。しかも、人生の一大イベントの司会だぞ。それに角田と西村がうんと言うわけがない」

「二人ともいいねって言ってたわよ」

「っ…。津守に幹事を任せた件といい、一体、あいつらは自分たちの結婚式をどう考えてるんだ？」

もう少し真剣に考えたらどうなんだと腹を立てる俺を、深町は「まあまあ」と宥《なだ》め、お腹が空いたから何か作ってくれと要求する。夕飯は終えてしまったので、何もないぞ…と言いながら、渋々冷蔵庫を開けた。

取り敢えず、残り物であるじゃがいもと豚挽肉《ひきにく》の煮物をレンジに放り込み、温める。他は…ウインナー炒《いた》めでもいいかと聞くと、深町は何でもいいと答えた。下茹《したゆ》でしたカリフラワーが残っていたので、それとウインナーを炒めてやることにした。

フライパンを出して、ウインナーに切り込みを入れながら、じゃがいもと豚挽肉の煮物をつまんでいる背後の深町に話を続けた。

「大体、俺は人前に出るような容姿でもない。そういうのは女性の方が向いてるだろう。お前がやればいいじゃないか」

「私、写真を撮らなきゃいけないのよ」

「角田や西村の友達は？　誰かいないのか？」

「喜んで引き受けそうなのは一人いるけど…」

じゃ、そいつに…と言いかけた俺ははっとして口を閉じた。フライパンを持ったまま振り返り、眇《すが》めた目で見て「津守か？」と聞く俺に、深町は自虐的な笑みで応える。

「二つ返事よ」

「オチが見える！」

司会業を喜んで引き受けるなんて、そういう仕事をしている人間以外では、津守くらいしか思いつかないが、絶対に駄目だ。どういう結末となるかは見えていて、話もするなよと釘《くぎ》を刺した。幹事である津守をのけ者にすることで、ようやくことが順調に進み始めているのである。また余計な混乱を招きたくはない。

やはり、一番の解決策は…。

「金を払ってプロを雇え」

「そういうのもねえ、なんか味気ないじゃない」

「津守に幹事を頼んだことからして、あの二人に結婚式に対する拘《こだわ》りがあるとは思えない。味気なくて結構だ」

プロが味気ない云々《うんぬん》なんて言う前に、津守を幹事にすること自体を熟考すべきだった。何とか解決はしたが、胃の痛い思いで会場探しをさせられた身としては、そんな意見に耳を貸すことは出来ない。

ふんと鼻息つきで言い、ウインナーの焼け具合を見て、カリフラワーをフライパンに入れる。軽く塩をしてから、黒胡椒《くろこしょう》を多めにひいた。淡泊なカリフラワーには黒胡椒がよく合う。出来上がったウインナー炒めを皿に移し、パルメザンチーズを振って深町に出す。使ったフライパンを洗ってから椅子に座ると、もぐもぐとウインナーを頬張る深町が「そう言えば」と聞いて来た。

「和花《わか》ちゃんと犀川《さいかわ》さんは？」

「店だ。土日で色々とストックが尽きてしまったようで、二人とも仕込みで忙しいみたいだ」

「人気店も大変ね。来週はウェディングケーキもあるし、大丈夫？」

「本人は何とかなりそうだと言ってる。それに……」

江崎《えざき》が手伝いに来てくれるから…と言いかけた俺が、微《かす》かに表情を強張らせるのを見て、深町は「ああ」と声を出した。からかうような笑みを唇の端に浮かべ、「江崎くんか」と続ける。

「手伝いに来て貰《もら》うの？」

「……そのようだ」

つい渋面になってしまう俺を、深町は仕方なさそうな顔で見ながらカリフラワーを箸《はし》先でつまんだ。ぱくりと一口で食べ、肩を竦めて尋ねる。

「江崎くんが気に入らないの？」

「そうじゃない」

「江崎くんはイケメンだし、爽《さわ》やかだし、料理は上手だし、経営手腕もありそうだし。和花ちゃんにはお似合いの相手よ」

「…やっぱり、復縁してるのか？」

お似合いの相手というからには、やはりよりが戻ったのだろうかと、どきどきして聞く俺に、深町は首を傾げた。その辺りは聞いてないと言うから、確認してみてくれと頼む。

「湊《みなと》が聞けばいいじゃない」

「無理だ」

「和花ちゃんに嫌われるのが厭《いや》ってわけ？　湊のシスコンも相当ね」

津守にもシスコンだと揶揄《やゆ》されたのを思い出し、顰《しか》めっ面《つら》で否定したが、深町の耳には入ってないようだった。津守とは違い、同じ女性として和花の気持ちを代弁されると…あくまでも深町の考えであるのだが…耳が痛かった。

「あのね。和花ちゃんは十八じゃなくて、二十八なのよ。彼氏がいなくて嫁き遅《い》れるのを心配するとかならともかく、元カレが現れたってだけで、そこまで厭がるのってどうよ？」

「厭がってるわけじゃない」

そうじゃないんだ…と言いながらも、自分の気持ちを説明出来ない俺はそのまま黙りこくるしかなかった。そんな俺を窺《うかが》うように見ていた深町は、ウインナー炒めを食べ終えた箸を置き、ビールの残りを飲み干してしまう。

「明日も会社だし、そろそろ帰るわ」

バッグを手に立ち上がった深町に送ると言い、俺も一緒に家を出た。バス停に向かう間も和花と江崎のことで頭がいっぱいだった。

俺だって分かってる。和花のしあわせを考えたら、江崎との交際を温かく見守るべきだってことは、よく分かってる。でも、年齢的にも結婚に発展しそうな交際を、どうしても認められない自分がいる。もしも和花が結婚したら…。子供を産む、なんてことになったら…。

俺は全てを話さなきゃいけない。それがとても出来そうにないから、俺は和花に誰ともつき合って欲しくないのだ。苦い思いで俯《うつむ》かせていた顔を上げると、いつの間にかバス停まで来ていて、タイミングよくバスがやって来た。

「じゃ、よろしくね」

「ああ」

バスに乗り込みながら言う深町に何気なく返事をした俺は、何をよろしく頼まれているのか、よく分かっていなかった。気をつけて…と呟《つぶや》くように続けてから、バスの中で深町が意味ありげな笑みを浮かべているのを見て、はっとする。

そうだった！

「ふ、かまち……！」

しまった！　今の「よろしくね」には絶対頷《うなず》いてはいけなかったのに。ぼんやりしていた自分に腹を立てながらバスに向かって深町の名を叫んでも遅い。無情にも走り去って行ってしまうバスを、途方に暮れた気分で見送るしかなかった。

「っ…何やってんだ…俺は…」

深町は「司会をよろしくね」というつもりで言ったに違いない。普段なら家からバス停までの間でも絶え間なくおしゃべりしている深町が静かだったのも、俺が考え込んでいるのを利用して、嵌《は》める為の作戦だったのだろう。

この前といい、今回といい、どうして俺はこう間抜けなのか。このままでは深町に外堀を埋められかねない。何とかしなくてはと焦る気持ちだけが、宙に浮いているような気がした。

暗澹《あんたん》たる気持ちで家に戻り、玄関前の小屋で寝ていたマカロンを起こして、家の中へ入れてやった。三和土《たたき》のところで足を拭《ふ》いてやると、マカロンは上がり框《がまち》から廊下の隅に置いてある自分の寝床へとことこ歩いて行く。そこで早速丸まって眠るマカロンがうらやましくなる。

「いいなあ。お前は」

悩みなんてなさそうで。マカロンの傍にしゃがみ込み、独り言を呟いた俺は、ふいに辺りの空気の流れが変わった気がして眉《まゆ》を顰《ひそ》める。はっとして顔を上げれば、廊下の先に犀川さんが立っていた。

「っ」

気配のしない犀川さんが近くにいたのに気付いたわけではなく、原因はその足下にあった。暗闇で、何もない廊下なのに、犀川さんの足下につむじ風が起こっているのが分かる。家の中でつむじ風なんて、本当はあり得ない現象だ。でも、幼い頃から幾度となく見ている光景なので、驚きはしたが（暗闇に立っている犀川さんの恐ろしさに）、不思議には思わなかった。

ああ…と溜《た》め息《いき》のような声を密かに漏らす。犀川さんの傍で起こるつむじ風は「お客」の前触れだ。つむじ風を伴いながら俺の方に近づいて来た犀川さんは、しゃがんでいる俺を見下ろし、迫力ある表情で告げる。

「明日、お客が来るようです」

「………」

普通の時でも「お客」が来ると聞いただけで憂鬱《ゆううつ》になってしまうものだが、犬にまで愚痴を吐いてしまいそうになるほど、追い詰められている状況では尚更《なおさら》だ。分かりました…と頷く俺の様子が暗いのを、犀川さんも気付いたらしい。

「どうかしましたか？」

「いえ…」

結婚パーティで司会をやらされそうになって困ってる…なんて話が犀川さんに通じるわけもない。力無く首を振る俺を不思議そうに見た後、犀川さんは和花も店から戻って来ていて、今は風呂《ふろ》に入っているのだと告げた。

「和花さんが出られたら、柚琉《ゆずる》さん、どうぞ」

分かりましたと返事をすると、犀川さんは踵《きびす》を返して自室の方へ戻って行った。その背中が闇に消えてから、俺は盛大な溜め息を吐き出して、寝ているマカロンの上に覆い被《かぶ》さる。

「勘弁してくれよ〜」

泣き言を吐き出す俺を、マカロンが迷惑そうな目でちろりと見る。すると、今度は「何してるの？」という和花の声が聞こえ、驚いて飛び起きた。

「な、何でもない」

夜更けに犬にしなだれかかって愚痴る兄を、妹が奇異の目で見るのも当然だろう。慌てて首を振り、風呂が空いたなら入って来ると言い、そそくさとその場を逃げ出した。どっちを見ても面倒ごとだらけで、八方塞《ふさ》がりじゃないか。全く。

風呂から出た後、深町に司会はやらないし、パーティにも出席はしないとメールで伝えたが、返事はなかった。基本的に深町の方が女だけあって、弁が立つ。電話で了承させられる自信はなく、苛《いら》つきを腹に収めて眠りについた。

翌日。いつものように三人で朝食を食べ、和花と犀川さんは店の準備にかかり、俺はあれこれ家事をこなした。冷蔵庫を覗《のぞ》き、午後からは買い物に出かけようと思ってから、「お客」のことを思い出す。

犀川さんは「明日」としか言わなかったので、いつ頃現れるのかは分からない。俺が留守にしているのはまずいから、買い物は明日にするかと諦《あきら》め、家にあるもので献立を考えかけた時だ。

家のチャイムが鳴り、はっとして時計を見る。時刻は九時過ぎ。「お客」が来る時間には思えず、宅配業者か何かだろうかと想像しながら、玄関に向かった。三和土の庭下駄を突っかけようとすると、引き戸にはめこまれている磨《す》りガラス越しに見える人影が女性のようだと気付いた。

宅配でなかったら、近所の人か。そう思って引き戸を開けた向こうには、意外な相手が立っていた。

「……」

背の高い、綺麗《きれい》な女性だった。細い身体はしなやかそうで、手足や首が長い。きっちりとまとめた長い黒髪を一つに縛っていて、高校のものらしき制服を着ていた。女子高生に訪ねて来られる覚えはない。怪訝《けげん》に思って見る俺に、彼女は深々と頭を下げる。

「あの…、突然すみません。お伺いしたいことが…ありまして…」

「…どちら様ですか？」

美人の女子高生と話すのはやぶさかではないが、正体は知りたい。もしかすると、新手の勧誘という可能性もある。ならば、犀川さんに出て来て貰った方が話が早い。大抵の人間は犀川さんを見ただけで、やばいと思って逃げていくのだ。

少々訝《いぶか》しげに尋ねた俺に対し、女子高生は「すみません」と自分の不作法を詫《わ》びてから、名乗った。

「魚谷《うおたに》と言います。こちらに…湊医院という病院があると聞いて伺ったんですが…違う店になってて…。それで周囲を回っていたら、湊という表札のお宅を発見したので…こちらに先生がいらっしゃるのかと…」

魚谷と名乗った女子高生が困り顔で説明するのを聞きながら、心の中で息を呑《の》んだ。もしかして、彼女が犀川さんの予知した「お客」なのか。年配の「お客」が多いせいもあって、女子高生はあり得ないと決めつけていた自分を反省しつつ、まずは目的を探る為に彼女の疑問について答えた。

「確かにうちは湊医院という診療所をやっていたのですが、十六年前に閉院したんです」

「え……そうなんですか？　じゃ、先生がお亡くなりに…」

驚いたように目を見張り、死んだのかと聞く魚谷さんに、困った気分で首を振る。

「いえ。体調を崩して療養中なんです。…診察を希望されていらしたんですか？」

まだ若く、元気そうな魚谷さんの目的が診察でないのは分かっていた。確認するように聞いた俺に、魚谷さんは首を横に振る。その表情は深刻なもので、彼女が俺にとっては厄介なことを言い出すのは目に見えていた。

先日の「お客」はお礼を伝えに来ただけだったが、今回は違うだろう。予感と覚悟を持って魚谷さんを見ていると、彼女が俯かせていた視線を上げて、すうと息を吸った。

「……おかしなことを…聞いてもいいですか？」

正面から俺を見つめる魚谷さんは、整った顔立ちをしている分だけ、深刻な表情が痛々しげに感じられた。必死で誰かに縋《すが》るその目を、俺は何度も見て来ている。ぐっと拳《こぶし》を握り、「何ですか？」と低い声で聞き返した俺に、魚谷さんは「おかしなこと」を問いかける。

「こちらの先生は…特別な方法で、命を延ばせるって聞いたんです。それって…本当なんですか？」

「……」

命を延ばせる。魚谷さんが口にした一言と、その表情で、彼女がどんな望みを携えて訪ねて来たのかが察せられた。小さく息を吐き、魚谷さんに話しかけようとした時、ふいに背後から低い声が聞こえる。

「誰から聞いたんですか？」

「っ」

驚いて振り返れば、犀川さんがいつの間にか三和土に立っていた。犀川さんは和花と一緒に店で支度をしていたはずで、店側から自宅の玄関の様子は全く分からない。犀川さんはヒトならざる能力で、魚谷さんが訪ねて来たのを察知したのだろう。

俺が動いたことで魚谷さんの視界に犀川さんの姿が入り、長身の凶相を目にした彼女は小さな叫び声を上げた。

「きゃっ！」

大抵の女子高生にとって、犀川さんのビジュアルはかなり強烈だ。怯《おび》えた顔で口元を手で覆っている魚谷さんに、「すみません」と詫びて、犀川さんを紹介した。

「うちの……お手伝いさんなんです」

犀川さんを「お手伝いさん」と紹介されたら、俺なら怪訝に思うけど、魚谷さんは違うことで頭がいっぱいのせいか、気にならないようだった。はあ…と小さく頷き、大仰な反応を見せてしまったのを、犀川さんに「すみません」と小さく詫びてから、問いかけに答える。

「…母と…同じ病院に入院されていた方から……聞いたんです。その方は先月、お亡くなりになったのですが…、鎌倉山の湊医院という病院に、命を延ばせる…延命医の先生がいるという話を聞いたことがあると…教えてくれたんです。…私の母は……医師から余命宣告されているのですが、事情があって…どうしても、…あと少し…、生きていて欲しいんです。ですから…」

眉唾《まゆつば》的なものだと思いながらもその話に縋るしかなくて、鎌倉を訪ね、湊医院という病院がないか探し歩いていたという。魚谷さんの痛切な顔つきは見ている方も苦しくなるようなもので、俺は内心で深く嘆息した。

それから斜め後ろに少し下がって、魚谷さんに中へ入るよう、勧めた。

「どうぞ、お入り下さい」

魚谷さんはたぶん半信半疑でいて、そんなことはあり得ないと否定されるのを覚悟していたのだろう。中へ入るよう勧めた俺を驚いた顔で見て息を呑む。「どうぞ」と重ねて勧めると、おずおずとした様子で玄関の敷居をまたいだ。

俺は魚谷さんを縁側の方から庭の見える座敷に通し、座卓を挟んで向かい合って座った。緊張した顔つきの魚谷さんは、遠慮がちに正座し、背中に背負っていたデイパックを下ろす。

「はい…」

俯《うつむ》いている彼女に、「高校生ですか？」と尋ねると、ぎこちなく頷《うなず》いた。

「学校は？」

「今日は…行事の関係で、午後からなんです」

何年生ですか？　という問いに、魚谷さんは三年だと答えた。そこで台所でお茶を淹《い》れていた犀川さんがお盆を手に現れた。

「どうぞ」

座敷机の横に跪《ひざまず》いた犀川さんは、魚谷さんの前に抹茶茶碗《ちゃわん》と、何種類かの焼き菓子を盛り合わせた皿を置く。魚谷さんは抹茶が出て来るとは思っていなかったらしく、驚いたように抹茶茶碗を見つめた。

まだ高校生の魚谷さんには飲み慣れないものであるかもしれない。苦手ですか？　と気を遣って聞いた俺に、魚谷さんは首を振る。

「いえ。そんなことはないんですけど…あの…、お作法が…よく分かっていなくて…」

「気にしなくていいですから。どんな飲み方でも、美味《おい》しく飲めればいいんです」

俺も和花や犀川さんによく抹茶を出されるけど、作法など気にしたこともない。俺の一言で気が軽くなったらしい魚谷さんは頷き、犀川さんに向かって小さく頭を下げてから、抹茶茶碗を手に取った。

一口飲んで、魚谷さんはぱっと顔を輝かせる。

「…美味しい。苦くないです」

「一保堂《いっぽどう》の北野の昔です」

「っていう、名前の抹茶だそうです」

犀川さんの説明では通じないだろうと思い、つけ加える俺に、魚谷さんは「はあ」と頷き、抹茶にも種類があるんですねと感心したように言った。それから、抹茶を飲み干して、焼き菓子が載った皿を興味深げに見る。

「これって…手作りですか？」

「ショートブレッド、ギモーブ、ブールドネージュになります」

「っていう、名前のお菓子だそうです。昔診療所だった建物を改築して、妹が店をやってまして…」

「そう言えば、おやつ処っていう看板が出てました」

白くて丸いクッキー…犀川さんによると、ブールドネージュという名前らしい…を摘まんだ魚谷さんは、一口頰張ってすぐに表情を明るくする。

「何、これ。美味しい！」

「よかったです」

思わず出てしまったというような反応は女子高生らしいものだ。さっきまで顔を強張らせていた魚谷さんの緊張が、少し解《ほぐ》れたようなのにほっとする。甘くて美味しいものは人をしあわせに出来るんだよ。和花が昔言ってた言葉を思い出しながら、「それで」と切り出した。

「魚谷さんはどうして、お母さんにあと少し生きていて欲しいと、望んでるんですか？」

理由を聞かせて欲しいと俺が言うと、魚谷さんはすっと表情を引き締める。膝《ひざ》の上で拳を握り、正座した背中を伸ばして、「母は」と話し出した。

「私をずっと…助けて来てくれたんです。…私が十歳の頃、両親が離婚して、それ以来、母と二人でやってきました。母は外で働くことが得意なタイプではなかったんですが、私の為に頑張ってくれて…頑張りすぎて、病気になってしまったと思うんです。…私は…小さい頃からバレエをやっていて…そのせいで金銭的な負担を随分かけてしまったので…」

「バレエというと…あの、踊る？」

俺にとっては不案内な分野で、確認してみると、魚谷さんは少し顔を上げて頷いた。なるほど。すらりとしていて、手足や首の長い魚谷さんは、言われて見ればバレリーナのイメージそのものである。

「…去年、大きなコンクールで優勝することが出来て、奨学金を貰《もら》えることになったんです。なので、春からは海外に留学する予定で…」

「すごいじゃないですか」

門外漢な俺が知らないだけで、魚谷さんは実は有名な人なのかもしれない。頑張って下さい…と声をかける俺に、魚谷さんは小さく微笑んで頷き、話を続けた。

「母はどんな時も私を応援してくれて…私がいつか、世界で活躍するのを願ってくれてました。だから、私も母のために、大きな舞台に立つ姿を見せたいと思って頑張って来ました。…なのに…突然倒れてしまって……。元気になって欲しいと願って来たのですが、とてもかないそうになくて…。だから…せめて、年明けの発表会だけは見て欲しいんです。でも、病院の先生によると、とてもそれまではもちそうにないようで…。なので……」

お願いします。そう言って頭を下げる魚谷さんは、泣いているようだった。細い肩が震えている。魚谷さんがお母さんに生きていて欲しいと願う理由は分かったが、命を延ばすということが、どういうことなのかを説明しなくてはいけない。

魚谷さんを戸惑わせるのは分かっていたが、言わなくては始まらないと思い、口を開いた。

「…事情は分かりましたが…、恐らく、魚谷さんが思っているようなことではないんです」

「……」

「命を延ばせると聞いて来られたようですが、命そのものが延びるわけでも、病気が治るわけでもありません。代わりが要るんです」

俺が口にした「代わり」という言葉の意味が分からなかったらしく、魚谷さんは微《かす》かに眉《まゆ》を顰《ひそ》めて「代わり？」と繰り返す。俺は真っ直ぐ、魚谷さんを見つめて静かな口調で説明した。

「誰かが、お母さんに命をあげなきゃいけないということです」

「……」

「人それぞれが持つ命の長さは決まってるんです。ですから、誰かの命を延ばすには、誰かがその人に自分の命をあげなきゃいけません」

ただ単にその人の寿命を延ばせるというわけではないのだと言う俺を、魚谷さんは放心したような顔つきで見ていた。魚谷さんが話の内容を理解して、自分の考えをまとめるには時間が必要だろう。俺は小さく苦笑し、「なので」と続けた。

「よく考えてみて下さい」

そう言って、犀川さんにお茶のお代わりを淹れてあげてくれないかと頼む。犀川さんが頷き、立ち上がりかけた時、魚谷さんは我に返ったように首を横に振った。

「あ…、大丈夫です…。私、学校があるので…もう行かなきゃ…」

細い手首に嵌《は》めた白い腕時計を見て、魚谷さんは小さな声で暇《いとま》を告げた。隣に置いたデイパックを手に立ち上がり、俺と犀川さんに向かって頭を下げてから、玄関へ向かう。俺と犀川さんも魚谷さんの後に続き、庭下駄を突っかけて一緒に外へ出た。

玄関前で俺を振り返った魚谷さんは、もう一度お辞儀をして、「考えてみます」と言った。それから、俺の後ろに立っていた犀川さんを見て、小さく笑みを浮かべる。

「美味しいお茶とお菓子を、ありがとうございました」

帰って行こうとする魚谷さんをバス停まで送ろうかどうか迷ったのだが、夜道ではないし、彼女も一人で考えたいだろうからと思い、その場から見送った。門を開け、細道を下って行く魚谷さんの姿が角を曲がって消えると、小さな溜《た》め息《いき》が漏れる。

魚谷さんはまた来るだろうか。荒唐無稽《むけい》な話だと怪しみ、二度と来ないだろうか。俺としては後者であるのを願うが、そうはならない予感の方が強かった。犀川さんを振り返り、「どう思いますか？」と聞くと、「分かりません」という答えが返って来た。

こういう時、犀川さんはいつも分かりませんと答えるけれど、実は全て分かってるんじゃないかと疑っている。この先起こることも全て、犀川さんは知ってるんじゃないか。無表情な顔に似合う暗い目を見て、家に入りましょうと声をかけた。

魚谷さんはこの前の「お客」とは違う。最後の希望に縋《すが》ってやって来る「お客」は俺にとって負担でしかなく、つい、塞《ふさ》ぎがちになる。

「お兄ちゃん」

「……」

「お兄ちゃんってば」

和花に呼ばれているのに気付いてなかった俺は、肩を叩《たた》かれて、ようやくそこではっとする。焦点の合ってなかった視界に和花の心配げな表情が映り、「ああ」と掠《かす》れた声を出した。

「大丈夫？」

「…平気だ。何だった？」

用件を聞く俺に、和花は呆《あき》れたような顔をする。それで既に話を聞いたようだと分かったが、内容の覚えは全くない。恐らく、適当に相槌《あいづち》を打っていたのだろう。

「さっきも言ったけど…、今日、江崎くんが来るから」

「……。何しに？」

「ウェディングケーキの打ち合わせだよ。それも話したよね？」

困り顔で言い、和花は拭《ふ》き終わった皿を食器棚にしまう。今日はおやつ処みなとの定休日だが、和花も犀川さんも、いつもと同じ時間に起きて朝食を済ませていた。対して俺はなかなか寝付けなかったせいで、起きるのが遅く、既に二人の姿は台所になかった。

和花が用意しておいてくれた朝食を温め直して食べかけたところへ、店から戻って来た和花に話しかけられたのだ。相槌は打っていたものの、話の中身は全く頭に入ってなかったし、箸《はし》も進んでいない。自分を反省しつつ、味噌汁《みそしる》を飲み、目玉焼きをご飯の上にのせる。一緒にかき込んでしまおうと思い、醤油《しょうゆ》を垂らした。

「だから、お昼ご飯、四人分用意してくれるかな？」

「ああ」

ご飯の上で目玉焼きを割り、黄味と絡めて黄色くなったご飯を頬張る。茶碗に残っていたご飯の半分ほどを口に入れ、もぐもぐ咀嚼《そしゃく》しながら、四人分かと考えていた。昨日はうどんだったから、今日は丼物の方がいいか。冷凍庫に牛こまがあったから、あれを牛丼にしても…と、そこまで考えたところで、重大な事実に気がつく。

「ぶほっ…！」

「やだ、どうしたのよ？　お兄ちゃん？」

思わず、頬張っていたご飯を噴き出してしまい、驚いた和花が高い声を上げる。すまん…と詫《わ》びることも出来ず、詰まらせたご飯を飲み込む為に湯飲みに手を伸ばした。ごくごくとお茶を飲み、息が吸えるような状況になってから、台拭きでテーブルを拭いている和花に確認した。

「ちょ、ちょっと待て…。四人分って、江崎くんも一緒に食べるってことか？」

「そうだよ」

今更何を言ってるのかと、兄の不始末を掃除しながら答える顔は不審げなものだった。

俺自身、自分が悪いという自覚がある。そうか…ともごもご言いながら、身を小さくする俺に、和花は「お願いね」と言い残して店の方へ行ってしまった。

一人になると盛大な溜め息が漏れた。江崎が来るというだけでも複雑なのに、一緒に昼を食べなきゃいけないとは。しかも、有名なフレンチのシェフだという江崎に、俺の手料理を振る舞わなくてはいけないとは！

月曜からずっと、魚谷さんのことで頭がいっぱいだったのだが、突如、突きつけられた難問のせいで、否が応でもスウィッチを切り替えなくてはならなかった。

江崎に食わせられる、俺の料理。そんなの、思いつくわけもない。そもそも、俺は誰かに料理を習ったことはなく、見よう見まねで作っているだけなのだ。ぐるぐる考えながら、残りのご飯をハイスピードで食べ終え、冷蔵庫を覗《のぞ》いた。

「…いかん。何もない」

冷凍庫の牛こまを使って…と一度は考えたものの、素人《しろうと》の牛丼をフレンチのシェフに食わせる勇気は出なかった。他に材料らしきものはなく、冷蔵庫のドアを閉めて時計を見る。起きるのが遅かったせいもあり、もう十時近い。

こういう時、我が家の立地は非常に不利だ。閑静な高台の住宅地なんて、つまり、不便の極みなのである。ちょっと買い物に…なんて気軽なお出かけではすまないのだ。一番近いスーパーマーケットまではバスで十五分。それも一時間に数本しかないバスだから、どうしたって時間がかかる。

今からすぐに出かけたとしても、帰って来られるのはどんなに早くても十一時過ぎだ。それから準備をしたとして…。

「駄目だ！」

到底間に合いそうにないし、それに献立が全く思いつかない。何を作るか考えずに出かけたら、スーパーマーケットでぐるぐるしている内に昼が過ぎてしまうというオチが見えではないか。

困った。困ったぞ…と、台所でうろうろしていると、「あの」という声が聞こえた。和花でも、犀川さんでもない声は、聞き慣れたものではないが、聞き覚えのあるもので、しかも、驚くべき相手のものだった。

「!!」

振り返った先にいたのは江崎で、俺は小さく飛び上がった。江崎が来ると聞いてはいたが、突然、現れるとは思ってもいなかった。今日も小綺麗《こぎれい》な格好で決めている江崎は、俺が驚いているのを見て、「すみません」と詫びる。

「驚かせてしまって…。玄関の方からと思ったんですが、和花…さんが、こっちからでいいと言うので。…これを」

「え…」

「昼にどうかと思って作って来たんです」

どうぞと言い、江崎は手にしていた大きめの紙袋を台所のテーブルの上へ置く。何だろうと思って覗いてみると、中には幾つかの保存容器と紙袋が入っていた。それぞれに料理が入っているのが分かり、はっとした思いで江崎の顔を見直す。

「江崎くんが…？」

「はい。家にあったあり合わせで作って来たので、大したものじゃないんですが…。俺は打ち合わせがあるので、昼に出して貰《もら》えますか？」

「分かりました。ありがとうございます」

昼の献立に困ってぐるぐるしていた身の上としては有り難い限りだ。厚く礼を言い、店の方へ戻って行く江崎を見送る。廊下の先にあるドアが閉まると、早速紙袋から保存容器を出してみた。

「……」

江崎はあり合わせで作って来たと言ったが、本当なのだろうか。メインと思《おぼ》しき料理はチキンとトマトの煮込みにクスクスを添えたもの。アボカドとエビのサラダ。インゲン豆のキッシュ。たこのマリネ。紙袋を開けると、焼きたてらしきパンのいい匂いが広がる。

「……」

冷凍庫の牛こまで牛丼を拵《こしら》えようとしていた俺と江崎の間には、天と地…以上の差がある。格の違いを見せつけられた気分で愕然《がくぜん》とするが、そもそも土俵が違う。向こうはプロだ。しかも、プロの上に、有名とか腕利きとかついてしまうようなシェフなのである。

俺が逆立ちしたってかなう相手ではない。だから、劣等感を抱く必要などないと、論理的に考えてみようとするのに、心の中にもやもやが広がっていくのを止められない。

なんだろう、これは。嫉妬《しっと》というやつか。俺が江崎に？（あり得ん！）

つまるところ、俺はどんな完璧《かんぺき》な男にだって難癖をつけたいのだ。和花とつき合おうとしている輩《やから》になら、誰にでも。

「わ、すごい。お兄ちゃん、綺麗《きれい》に用意してくれたんだね」

昼になると江崎が持って来てくれた料理を盛りつけ、店に三人を呼びに行った。台所のテーブルを見て声を上げる和花に、俺は何もしてないと答える。

「料理を作って来てくれたのは江崎くんだ」

ただ、俺は家中の皿を動員し、自分が出来うる限りのセッティングをしただけだ。それでもプロの目から見れば、子供だましだろう。なのに、和花の向かい側に座った江崎は、百点満点のコメントを吐く。

「見た目は味以上に重要ですから。こんなに美味《おい》しそうにセッティングして貰って嬉《うれ》しいです」

作って来た甲斐《かい》があると笑顔で言う江崎は、全くそつのない男だ。パンも江崎の手作りだそうで、美味しそうな匂いがしたわけである。江崎の料理はお洒落《しやれ》なだけでなく、どれも美味しかった。

なるほど。深町が言ってた若手の有望シェフというのも頷《うなず》ける。複雑な思いはあれど、俺の手料理を江崎に食べさせなくてはいけない状況に陥らなくてよかったと、つくづく安《あん》堵《ど》していたのだが…。

「………」

和花と話していた江崎がふいに黙ったのに気付き、隣を見れば、啞然《あぜん》とした顔で犀川さんを見ている。江崎が釘付《くぎづ》けになっていたのは犀川さんのいつもの儀式…唐辛子パウダーで全てを赤く染めるアレだ…だった。

江崎が啞然とするのも無理はない。本職と言えど、これだけ作るのにはかなりの時間や手間がかかっただろう。なのに、全てを台無しにするような、唐辛子色に染められているのだ。気の毒に思って見ていると、啞然としている江崎に和花が気付き、慌てて謝った。

「ごめんね、江崎くん。犀川さん、何でも辛くしないと食べられない人で…」

「いや、いいよ。驚いてるだけ…」

「何か悪いことをしましたか？」

和花が江崎に詫びる意味は犀川さんには通じず、怪訝《けげん》そうに尋ねる。和花は「違うの」と首を振り、江崎も同じように首を振って「気にしないで下さい」と言って視線を外す。

何とも言い難い複雑そうな江崎の横顔を見て、ふっと笑みが漏れる。

犀川さん、グッジョブ的な。そんな気持ちになったのは、江崎に対し無駄な嫉妬心を抱いていたせいだろう。しかし、何ら落ち度のない…落ち度どころか、美点だらけの…江崎に対し、黒い気持ちを抱いた俺に天罰が下る。

そう言えば…と、江崎が俺を見てふいに切り出したのは。

「お兄さん、司会をやるんですよね？」

「⁉」

どうして江崎がそのことを知っているのか。しかも、「やるんですよね？」と確定しているかのように聞いて来るのは何故なのか。怪訝に思った俺が聞き返す前に、和花がその話題に食いついていた。

「お兄ちゃんが司会って、何のこと？」

「いや、だから、今度の結婚パーティ。ウェディングケーキの搬入時間とか、料理についてジャルダンの原田《はらだ》と話してたんだよ。そしたら、新郎がバンドやってて、歌ったりするって言うから、誰が仕切るのって話になって、そしたら…」

お兄さんの名前が出たと聞いてる内に、俺の顔はどんどん険相になっていたらしい。江崎は途中で、まずい話題だったと察したらしく、窺《うかが》うように俺を見ている。和花が心配そうに「本当なの？」と聞いて来るのに、俺はぶんぶんと首を振った。

「確かに…深町にそんなことを言われたが、俺には無理だと断った」

ただ、俺が断ったのを深町に了承させられてはいない。よろしくねと言い残して言った深町に、やらないぞというメールを送っただけで、直接は連絡を取っていなかった。本当は早いところ何とかしなくてはいけなかったのだが、「お客」のことで頭がいっぱいで後回しになっていたというのが本当のところだ。

その間に、深町は外堀を埋めていたというわけか。店側にまで司会は俺だと伝わっているということは、他にも決定事項として連絡されている可能性は高い。ううむ。深町の奴……と、怒りを滾《たぎ》らせる俺を見て、和花は首を傾げる。

「だよねえ。お兄ちゃんが司会なんて……あ、でも、仕切るのはうまいよね」

「何を言う」

「それにお兄ちゃんがやらないと、津守さんがまた出て来ちゃったりするんじゃない？」

「……」

さすが、我が妹。津守の行動予測まで出来るとは。…と感心している場合じゃない。和花が心配顔なのももっともだが、だからといって、俺が司会を引き受けるわけにはいかないのだ。このまま放置していたら、何のかんのといって押しつけられてしまう。深町を捕まえて、絶対にやらんと宣言しなくては。

そんな決意を秘めつつ豪華な昼食を終え、後片付けを引き受けて、三人には店に戻って貰った。テーブルセッティングに凝ったせいで、いつもよりも多くの皿洗いをこなし、一息吐いたところで深町の携帯に電話を入れた。

電話では分が悪いと思っていたが、それどころではない。深町が出たら、早急にプロの司会を雇うように言おうと待ち構えていたものの、生憎《あいにく》、留守電になってしまう。仕方なく、すぐに電話を寄越すようメッセージを残した。

津守とは違い、深町は手の放せない状況が長時間続くような職種じゃない。なのに、ちっとも深町から連絡は入らなかった。折り返しの電話がないのはわざとではないのか。鳴らない携帯を睨《にら》みつつ怪しんでいる内に夕方になっていた。

秋の日暮れは早く、三時を過ぎると家の中は薄暗くなり始める。古い日本家屋であるうちは今時の家のような開放的な造りではないので、五時ともなれば、明かりを点《つ》けなければ何も出来ない。

白い照明に照らされた台所で、俺は再び頭をぐるぐるさせていた。

「参ったな…」

深町から連絡が来ないのに苛《いら》ついている内に、いつの間にか夕方になり、晩ご飯の支度を先にしようと思ってはっとした。店には江崎がまだいる。ということは…。

「夜も食っていくんだろうか…」

江崎が作って来てくれた料理は昼に全て食べ尽くしてしまったので、晩ご飯は俺が作らなくてはならないのだ。あれだけの料理の後に出せるものなんて、あるわけがない。困ったと悩み、冷蔵庫の前で立ち尽くしていた俺は「お兄ちゃん」と和花に呼ばれて、慌てて振り返った。

「…なんだ?」

もしかして、江崎が帰るという挨拶《あいさつ》だろうか。そんな期待を込めて和花を見ると、その後ろに江崎が立っている。和花は少し申し訳なさそうな顔で、夕飯の支度をしたかと聞いた。

「いや。今から用意しようかと思ってたんだ…」

「よかった。江崎くんと出かけてもいいかな?」

なんと。であれば、夕飯を必要とするのは俺と犀川さんの二人なわけで、献立に悩む必要はなくなる。だから、ほっとしたものの、和花が江崎と二人で出かけるというのが気になり、俺が微妙に表情を動かしたのを江崎は目敏《めざと》く気付いていた。

「茅《ち》ヶ《が》崎《さき》の方に共通の知人が店を開いたんです。偶々《たまたま》連絡が来て、和花さんのところにいると言ったら、皆で集まろうって話になって。遅くならない内に送って来ますから」

「そうなんですか。江崎くんと一緒なら安心です」

俺の勝手な思惑で、好青年を絵に描いたような江崎を気遣わせるのも気の毒だ。それに二十八の妹の行動に口出しするのもおかしな話である。理性を働かせ、「よろしくお願いします」と頭を下げた。

着替えを済ませた和花と江崎が出て行くと、犀川さんに夕飯は何がいいかと聞いた。犀川さんの答えはいつもと同じ、「何でもいいです」というもので、乾いた笑みを浮かべて冷蔵庫のドアを開ける。

二人でも三人でも大差はないのだが、一人減るだけで、簡単なものでいいだろうという甘えが働く。パスタにしようと決め、たまねぎとピーマン、ウインナーを取り出した。パスタを茹《ゆ》でる為の鍋《なべ》を火にかけ、野菜を切り始めた時、玄関の方から「こんばんは〜」という深町の声が聞こえて来た。

「！」

昼からずっと電話を待っていた俺は、思わず包丁を持ったまま玄関へ駆けつけた。靴を脱いで上がって来る深町に「おい」と声をかけると、眉《まゆ》を顰《ひそ》めて怒られる。

「何よ。危ないじゃない」

「え…」

「包丁」

刃先を深町に向けているのに気付いていなかった俺は、「すまん」と詫《わ》びて包丁を下げる。わざとじゃないと知っている癖に、深町は「怖いわ〜」と大げさに言って、俺を追い越して台所へ向かう。

その後をついて歩きながら、どうして電話を寄越さなかったのかと詰問した。

「すぐに連絡をくれと、メッセージを入れただろう。メールも入れた」

「出先だったのよ。ちゃんと寄ったじゃない。夕飯、何？」

「ナポリタンだ」

「大盛りね」

いつものことではあるが、図々《ずうずう》しくも夕飯を食べて行くつもりらしい深町を眇《すが》めた目で見つつ、まな板の上に包丁を置き、茹でる為に用意したパスタを追加する。冷蔵庫から取り出した麦茶をグラスに注いでる深町に、残りのたまねぎを刻みながら、司会の件を確かめた。

「会場のレストラン側に、俺が司会をやるって伝えたらしいな？」

「やっぱりその件か。なんで知ってるの？」

「江崎くんから聞いた」

椅子を引いて腰掛けた深町は、江崎が来たのかと問い返す。今日は店が休みだったので、一日、和花とウェディングケーキの打ち合わせをしていたのだと答えた。

「ふうん。二人はまだ店？」

「いや。さっき二人で出かけた。茅ヶ崎に知り合いの店があるようで……なんだ？」

「だから、不機嫌なのか」

にやりと笑う深町に「違う！」と否定すると、鍋の湯がこぽこぽ沸き立ち始めた。それに塩を入れ、パスタを投入する。

「俺が気に入らないのは、勝手に話を進めるお前の方だ」

「よろしくねって言ったら、ああって返事したじゃない」

「あれは単なる挨拶のつもりだったんだ。だから、メールを入れただろう」

分かっている癖にはぐらかそうとする深町に苛つきつつ、ピーマンも刻み、ウインナーには切り込みを入れた。缶詰のマッシュルームは水気を切っておき、フライパンを温める。同量くらいのバターとオリーブオイルを熱し、野菜とウインナーを炒《いた》める。大体火が通ったところで、ケチャップを大量に投入する。

ナポリタンの美味《うま》さはケチャップの量で決まる。白ワインだの、コンソメだのといった隠し味は必要ない。量をけちったりすると中途半端な味になるので、ケチャップ一本を使い切る勢いでフライパンに入れ、焦げ付かせないように適度に炒めた。

そこへ茹で上がったパスタを入れ、喫茶店のマスターになったつもりで炒め合わせていると、洗濯物を片付けていた犀川さんが戻って来た。

「深町さん、いらっしゃい」

「こんばんは〜」

犀川さんが用意してくれた皿にナポリタンスパゲティを大盛りでよそい、腹が減ったとうるさい深町に先に出す。犀川さんの分も用意し、食べて下さいと勧めてから、俺は「いいか」と改めて深町に宣言した。

「俺は絶対に司会なんかやらんぞ」

「なんでよ」

「なんでもくそもあるか」

津守のせいでここまで巻き込まれてしまっているが、パーティには出ないと、何度も言ってるのだ。俺が拒む理由を深町だって分かっているはずで、なのにあくまで司会をやらせようとする真意が見えない。

「そもそも俺は…」

再度、パーティには出ないと強く念を押そうとした時だ。ふいに声がした。

「司会って何のことだ？」

眉を顰めて深町を睨むように見ていた俺は、思いがけない声を耳にしてフリーズする。

俺だけじゃない。ふて腐れた顔で俺を見ながらスパゲティを食べ始めていた深町も、目を見開いて固まっている。

俺たちが揃って驚愕《きょうがく》したのは、聞こえて来たのが津守の声だったからだ。津守が勝手に上がり込むのは日常茶飯事で、突然現れても普段ならまたかという程度で驚きなどしない。だが、タイミングが悪い。司会の件は絶対に津守に知られてはいけないのだ。恐ろしい事態になるのが火を見るより明らかだからだ。

「な、なんだ、来てたのか。チャイムを鳴らせと、いつも言うじゃないか」

「そ、そうよ。びっくりするでしょ。どうしたのよ、こんな時間に」

津守を関わらせたくないのは深町も同じで、俺と同じように白々しい物言いで話題を変えようとする。津守は質問に答えようとしない俺たちを窺《うかが》うように見ながら、テーブルを回って、犀川さんの向かい側に座った。

「司会というと…今度の結婚パーティの司会か？」

「何のことだ？」

「そうだ、津守。あんたねえ、安請け合いもいい加減にしなさいよ。家にもまともに帰れないほど忙しいくせに、幹事なんて引き受けちゃって。西村から聞いた私が湊に頼んでなければ大変なことになってたわよ」

「いつ頼んだ？　押しつけたんだろう」

津守は司会という言葉から連想して、おおよそのところを分かっているようだったが、認めるわけにはいかない。必死で話題の転換を図る俺たちに訝《いぶか》しげな目を向けていた津守は、前に座る犀川さんへ視線を移した。

長いつき合いだ。俺たちを問《と》い質《ただ》したところで、のらりくらりと躱《かわ》して口を割らないのを知っている。だから、無駄に賢い津守は、ガードの緩いところから攻めて来た。

「犀川さん。結婚パーティの司会の話をしてたんですか？」

「そのようです」

「……！」

相手が和花なら空気を読んで俺たちに合わせることもしてくれるが、犀川さんには無理な相談だ。犀川さんにしてみれば、聞かれて、知っていることだから答えただけという、シンプルな反応だろう。あっさり認めてしまう犀川さんを、俺と深町は愕然《がくぜん》とした顔で見、その前で望み通りの答えを得た津守はにっこり笑って、「なるほど」と頷《うなず》く。

「確かにパーティを円滑に進行させるためにも司会役は必要だな。分かった。俺が引き受けよう！」

「……」

任せとけ…とでも言わんばかりに胸を叩《たた》いて言う津守を、俺と深町がどんな顔で見たか、想像して頂けるだろうか。やっぱり、げんなり、うんざりの三拍子だ。恐らく、この調子で角田と西村にも幹事を引き受けると宣言したに違いない。

「……」

遠い気分で津守をどう説得しようかと考える頭の裏側辺りで、高校時代の思い出がぼんやり蘇《よみがえ》る。俺が津守と出会ったのは高校のテニス部だった。中学でもテニスをやっていたからという理由だけで入ったテニス部は、人数が少なかったので、男女混合で活動しており、それで深町とも知り合った。

初対面の津守は俺には手の届かない、輝いた存在に見えた。名家の息子で、背が高く、体格もしっかりしていて、独特の古風な面相は好みが分かれるだろうが、イケメンと言えないこともない。頭脳明晰《めいせき》で、頭の回転が速いから、弁も立つ。そして、何より、津守は自信とパワーに満《み》ち溢《あふ》れていた。

先輩である二、三年生も津守には何も言えなかったし、先輩どころか、先生も一目置いていた。こんなに恵まれた人間も世の中にはいるんだ。色々とコンプレックスを抱えていた俺は同じ部活ではあるけれど、津守とは親しくなれないだろうと思った。全てが違いすぎる。羨望《せんぼう》は嫉妬《しっと》の裏返しの感情でもある。複雑な感情を抱かされる相手と友達つき合いなど出来やしない。

だが、入部してから一月が経つ頃には、津守は印象通りの人間ではないのではと思い始めていた。何より、津守はいい意味でも悪い意味でも、裏表がなかった。後で自分が損をすることなど考えない行動は、中途半端なモラトリアム時期であった俺には、純粋で尊敬すべきものとして映った。

悪い奴じゃないかも。そんな思いで津守と少しずつ親しくなり、夏休みが終わる頃にはすっかり友人となっていた。しかし、親しくなってみると、今度は津守が面倒な奴だというのが分かった。…分かった時には、もう、遅かった。

思えば、純粋だったのは俺の方だ…。

「っ…」

走馬燈《そうまとう》のように頭の中を回る高校時代の思い出に浸っていた俺は、いきなり向こう臑《ずね》を蹴《け》られて息を呑《の》む。俺の足を蹴ったのは深町で、何をするのかと憤慨して見れば、険しい表情でアイコンタクトを送られる。何とかしなさいよ！　そんな命令を読み取り、深く息を吐いた。

津守の愚行…そう言い切ってしまうのは浅はかな部分もあるが、俺と深町にとっては大抵がそれに当たる…に二人して振り回されているのも、高校時代から変わっていない。こうして深町が俺に命じるのも。

「…待て、津守。よく考えてみろ」

「何をだ？　俺は人前で話すのは慣れてるし、得意な方だ。それに会場を探すのをお前に任せてしまったのも申し訳なく思ってる。ここは幹事として責任を持って、司会進行役をやらせて貰《もら》おう」

「いや、だから。待てと言ってる」

確かに、津守は人前で話すのが得意だ。だが、逆に得意になって話し過ぎてしまうという難点がある。下手をすると津守の独演会でパーティが終わってしまうかもしれないと、俺も深町も分かっているから、絶対に任せられないと思っているのだ。

これが津守の病院関係者など、見も知らない人間の結婚パーティであれば、大変だろうなと思う程度で済ませられるのだが、角田も西村も下手に知り合いだからいけない。そんな人の良さで、会場探しも引き受けることになったのを思い出すと、厭《いや》な結末しか思い浮かばないものの、大惨事になると分かっているのに、見過ごすわけにはいかなかった。

「お前には急に出席出来なくなる可能性だってあるじゃないか。そういう人間は遠慮するべきだ」

「大丈夫だ。日曜はちゃんと休みを取ってある」

「急患が入るかもしれないだろう」

「心配ない。後輩に頼む」

「頼めなかったら？」

「同僚に頼む」

たぶん、津守には本気で申し訳ないという気持ちがあるのだ。基本、育ちがよく、根が純粋な男だ。そして、頑固でもある。手詰まりになって深町を窺うように見ると、微《かす》かに眉《まゆ》を顰《ひそ》められる。役に立たないな。そんな呟《つぶや》きが聞こえて来そうな表情に顰《しか》めっ面《つら》を返すと、深町はフォークを置いて、「津守」と呼びかけた。

「司会なんだけど、湊がやりたいって言ってるのよ。譲ってやって」

「…!?」

いつ俺がそんなことを言った？　俺は絶対にやらないと言ったじゃないか…と、咄嗟《とっさ》に言い返そうとしたのだが、「そうなのか？」と聞く津守の意外そうな声に遮られる。

「い…」

「テニス部の皆に会うのも久しぶりだし、元気なところを見せたいんだって」

「なるほど」

「ち…」

「皆が集まる機会も少なくなってるでしょう？　島津《しまづ》とか宋《そう》さんも来るって言ってるし」

「そうだな。いい機会かもしれない」

　いいや、違うと否定したいのにことごとく遮られ、深町は作り話で津守を説得する。津守はフェミニストで、俺よりも深町の意見を尊重する傾向にある。俺が皆に元気な姿を見せたくて、司会をやりたがっているなんて、少し考えればあり得るわけがないと分かるだろうに、津守はいつの間にか納得していた。

「分かった。じゃ、湊に譲ろう。しっかりやれよ」

「……」

　どういうつもりだと怨念《おんねん》を込めて深町を見るものの、俺と視線を合わせずに涼しい顔でスパゲティを啜《すす》っている。本当は冗談じゃないと叫びたいところだが、寝た子を起こしたくないという気持ちもある。津守のいない場で再度、引き受けるつもりはないと宣言するしかないなと、内心で深い溜《た》め息《いき》を吐いた。

　そんな風に新たな憂鬱《ゆううつ》を抱えた俺に、津守は。

「お、ナポリタンじゃないか。美味《うま》そうだな。湊、俺にも作ってくれ。大盛りで」

　大盛り、大盛りって。うちは喫茶店じゃないし、俺はお前らの母親でもない！　いい加減にしとけよと吐き捨てながらも、結局、作ってしまうところが相手を増長させるのだと、つくづく反省した。

津守が夕方に顔を出すのは珍しい。どうしたのかと聞くと、明日から出席予定の学会に関する用意が何も出来てないのが上の人間にばれ、帰らされたのだと不本意そうな顔で言う。

「大丈夫なのか？」

「何とかなる」

「津守の上司って大変よねえ。絶対、部下にしたくないわ」

スパゲティを食べ終えた深町は、自分に都合のいい状況を利用して、結婚パーティのタイムスケジュールについて話し始めた。本来であれば、俺には関係のない話だと突っぱねるところであるが、津守の前では俺が司会だという体を貫かなくてはいけない。策士め…と渋く思いつつも、話を聞いた。

「式は九時半からで、十一時には教会を出て移動するわけ。十二時にはパーティを始められると思う。で、立食パーティだし、最初にウェディングケーキ入刀ってやつをやって、切り分けて貰って、皆で食べられるようにしたいのよ」

「皆でって、五十人も参加するのに、そんなに大きなケーキを作るのか？」

「一口サイズだから。それでも、足りないといけないから、和花ちゃんが別にプチフール的なものを用意してくれるって」

「和花ちゃんのケーキは美味《おい》しいからな。楽しみだ」

「ケーキカットに続いて、角田のバンド演奏ね。どうせ飲ませられてべろべろになるだろうから、その前に済ませて貰おう」

「角田がバンドやってたって、知ってたか？」

「ちらりと聞いたことがあるが、まさか、あの顔で歌っているとは思わなかった」

「で、西村の同僚のマジックね。鳩出るらしいわよ」

「本格的だな」

「鳩は自分で飼ってるものなのか？」

「その後は馬場ちゃんの話。長いだろうから、覚悟ね」

「余り飲ませないよう、気をつけた方がいいな。あの人は酔うとぐだぐだになる」

「酔ってなくてもぐだぐだだ」

深町の説明に津守と共にあれこれ茶々を入れて話し合うのは久しぶりでもあって、心の何処かが昂揚《こうよう》しているのを感じていた。楽しかった頃のことを思い出し、錯覚していたのかもしれない。

人には言えない秘密を抱えていた上に、祖父が亡くなった後、父の具合が悪化する一方だったので、高校に入った頃の俺は正直暗かった。今でも十分根暗だと揶揄《やゆ》されるような性格だが、思春期という年頃だったせいもあり、かなり後ろ向きに生きていた。救いは和花だけで、和花の為にしっかりしなきゃいけないという思いがなかったら、壊れていたかもしれない。

友人と呼べるような相手もおらず、何となく進学した高校で出会ったのは、破天荒な人間ばかりで、圧倒されると同時に、少しずつ自分が変わって行くのを感じていた。高二になって、とうとう父が失踪《しっそう》してしまった時も、津守と深町には随分助けられた。

友人に助けられるというのが信じられなくもあって、泣きたいような気分になったのも覚えている。いわゆる青春が詰まった高校時代に戻ったかのような錯覚が、俺に幸福感を与えるのも当然だ。

だが、既に分別ある（と言い難い部分も多いが）大人である俺は、錯覚は錯覚に過ぎないと分かっている。

「じゃ、そういう感じで進めるってことで。タイムスケジュールと照らし合わせて表にして、メールで送っておくから」

よろしく…と言って来る深町に頷《うなず》きつつも、目だけで「分かってるだろうな？」と念を押す。津守のいる場では話を合わせていても、司会をやるつもりはない。そういう自分の意志を強く伝える俺を深町はそれとなく無視するが、後で必ず了承させようと心に決めた。

スパゲティを食べ終えた津守は満足顔で座敷で横になろうとしたが、さっさと帰れと追い立てた。学会の準備があるんだろうと言う俺に渋い顔をしながらも、それなりに自覚はあったらしく、帰って行った。深町は津守の車に同乗して行くといい、一緒に帰って行ったので、一気に静かになった。

二人を門の外まで見送り、家の中に戻ると、犀川さんが洗い物をしてくれていた。俺が代わると申し出ると、もうすぐ終わるからと断られる。

「じゃ、風呂《ふろ》の用意を…」

「済ませました」

「そうですか」

「深町さんと津守さんがいらっしゃると賑《にぎ》やかですね」

犀川さんが自ら物を言うことは余りない。珍しいなと思いつつ、うるさかったですか？と聞き返すと、「いえ」と言って首を横に振る。

「柚琉さんが楽しそうだったので、よかったなと」

「……」

楽しそうというのは見間違いだと思うが、犀川さんが何を言いたいのかは察せられた。魚谷さんが訪ねて来て以降、俺が考え込んでいるのを犀川さんなりに気遣ってくれていたのだろう。

意外に思えて、戸惑いを抱きながら犀川さんを見ていると、最後の皿を洗いかごに置き、水を止める。濡《ぬ》れた手を拭《ふ》いた犀川さんは俺を見て、「柚琉さん」と呼びかけた。

「重吾《じゅうご》さんの言葉を気にかけるのは分かりますが、無理はされない方がいいです」

「……」

心の奥を見透かされているような言葉にどきりとして、何も言えなかった。顔を強張《こわば》らせる俺をしばし見つめた後、犀川さんは「店に行って来ます」と言い、その場を離れた。台所に一人残された俺はその場に立ち尽くしたまま、犀川さんが言ったことについて考えていた。

犀川さんが「重吾さん」と呼ぶのは失踪した父だ。重吾さんの言葉…つまり、父が俺に言った言葉を、いつも傍にいた犀川さんも一緒に聞いていた。だから、俺がそれに縛られているのも知っている。

でも、犀川さんに無理をするなと言われるとは思ってもいなかった。それほどまでに自分の様子はおかしかったのだろうか。魚谷さんのことだけじゃなく、結婚パーティの司会や、和花と江崎のことなど、心配が重なったせいもあったのかもしれない。

翌日は木曜で、平日であるにもかかわらず、おやつ処みなとは盛況だった。土日並の混み具合で、俺も手伝いに駆り出されて、和花や犀川さんを助けて働いた。フル回転でお客さんを捌《さば》いている内に、あっという間に閉店時間である六時半を迎えていた。その頃にはようやくお客さんの波も途切れたので、暖簾《のれん》をしまい、閉店を報《しら》せる札を掲げた。後は残っているお客さんが食べ終えて帰るのを待つだけだ。後片付けをしている和花を手伝い、調理場で洗い物をしていると、犀川さんが看板を仕舞って来ると言い、出て行った。駐車場の手前に営業中であるのを報せる小さな看板を出している。それを取り込みに向かった犀川さんは、間もなくして戻って来ると、「柚琉さん」と俺の名を呼んだ。

「はい？」

「魚谷さんが見えてます」

犀川さんが口にした名前に驚き、水道を止める。慌てて手を拭いて調理場から客席に向かうと、出入り口近くに魚谷さんが立っていた。戸惑い顔で見る俺に、魚谷さんは「こんばんは」と挨拶《あいさつ》し、おやつ処みなとを訪ねて来たのだと言った。

「この前のお菓子が美味しかったので、お店の方で甘いものを頂こうと思って来たんですが…来るのが遅くなっちゃって…。六時半までって書いてあるのを見て残念に思ってたら…」

そう言って、魚谷さんは俺の後ろに立っている犀川さんを見る。入るように勧めたのは犀川さんなのだろう。俺も閉店だからと言って魚谷さんを帰すつもりはなく、空いている席に座って下さいと勧めてから、和花に事情を伝える為、調理場に戻った。

「和花。悪いんだが、知り合いが来たんだ。何か食べさせてあげたいんだが、大丈夫か？」

「お兄ちゃんの知り合い？　もちろん、いいよ。あ…ただ、ケーキはもうなくなっちゃったの。他のものなら何とかなるよ。何がいいかな？」

「聞いてみる」

和花の確認を取ってから客席に戻り、魚谷さんに何が食べたいか聞いた。いいんですか？　と申し訳なさそうに言う魚谷さんに、ケーキ以外のものなら大丈夫そうだと答える。俺が差し出したメニュウを開き、写真を見る魚谷さんの顔はしあわせそうだった。

「うわあ…。どれも美味しそう…」

メニュウはアルバム式になっていて、一つ一つを写真で見ることが出来る。写真を趣味にしている深町が撮ったもので、なかなか美味しそうに撮れているのだ。魚谷さんはメニュウを最後まで見た後、「決めました」と言った。

「スペシャルパフェにします」

確かに、スペシャルパフェはお勧めの一品だ。少々お待ち下さいと言って、調理場の和花にパフェを頼みに行った。パフェには犀川さんのアイスクリームが必要不可欠である。

犀川さんは無言で片付けの手を止め、冷凍庫を開けてアイスクリームの支度に取りかかり、和花も果物や他の材料を用意し始めた。

二人がパフェを作ってくれているのを待つ間、魚谷さんがやって来た理由について考えていた。和花のスイーツが食べたかったからだけとは考えがたい。この前、俺が話したことについて魚谷さんは答えを出したのだろうか。

俯《うつむ》いて考えていると、犀川さんの「出来ました」という声が聞こえる。はっとして顔を上げ、パフェのグラスをトレイに載せて客席へ運んだ。

「お待たせしました」

一人座っていた魚谷さんの顔は何処か緊張したものだったが、パフェを見た途端、がらりと変わる。目を輝かせ、「美味しそう！」と女子高生らしい高い声を上げた。

「やだ、やばいかも。これ」

「今日の果物は洋梨で、ルレクチエとラフランスの二種類になります。アイスクリームはバニラで、とても美味しいので食べてみて下さい」

簡単な説明と共にお勧めすると、魚谷さんはスプーンを手にして、早速食べ始める。アイスクリームを一口食べた瞬間、魚谷さんは元々大きな瞳《ひとみ》を更に見開いた。

「美味《おい》しい！　美味しいです、このアイス！　こんなの食べたことありません」

「ありがとうございます」

心の中に色んな不安を抱えているのだろう魚谷さんが、嬉《うれ》しそうにしているのは、俺にも喜ばしかった。ただ、絶賛しているアイスクリームを作っているのが、あの犀川さんだとは微塵《みじん》も思っていないに違いない。

ゆっくりしていって下さい…と言い残し、俺はトレイを手に調理場へ戻る。魚谷さんが帰るまでに、途中だった洗い物を済ませてしまおうと思いながら暖簾を潜ろうとしたところ…。

「きゃ」

「わっ」

暖簾のすぐ向こうにいた和花とぶつかりそうになって、お互いが驚いて声を上げる。どうしたのかと聞こうとしたが、ばつの悪そうな顔を見て、すぐに気付いた。魚谷さんが気になって、客席を覗《のぞ》いていたに違いない。

微《かす》かに眉《まゆ》を顰《ひそ》めた俺に、和花は調理場の方へ後ずさりしながら、「だって」と言い訳する。

「お兄ちゃんの知り合いが…あんなに若くて綺麗《きれい》な女の子なんて、思わなくて…。驚いちゃって。どういう知り合いなの？」

「……。色々あるんだ」

「色々って？」

「色々だ」

「……。若いよね？」

確認などしなくても和花だって、制服姿の魚谷さんが女子高生だと分かっているに違いない。暗に責められているように感じ、仏頂面を返す。

この前、魚谷さんがうちを訪ねて来たのを、店で仕込みをしていた和花は知らない。だから、魚谷さんが「お客」だとも分かっていなかった。「お客」に対して複雑な感情を抱いている和花に、敢《あ》えて話すこともない。

そのままノーコメントで通そうと決めたのだが、和花の顔から好奇心が消えてないのを見て、厭《いや》な予感を覚えた。長年、「兄」をやっているから、女というものの習性もおおよそ分かっている。

「……。深町には言うなよ」

「えっ…え、えっ…そんな、言わないよ〜。言わない、言わないって〜」

何度も否定するところが明らかに怪しい。絶対、深町に電話してあでもないこうでもないと姦《かしま》しい噂話をするつもりだったに違いなく、言わないというのも怪しいものだと思って、心の中で嘆息した。

最後のお客さんが支払いを済ませて店を出た頃、魚谷さんもパフェを食べ終わって、会計を頼んで来た。俺は最初からお金を貰《もら》うつもりはなくて、いいですからと断った。

「でも…」

「美味しかったですか？」

味について尋ねる俺に、魚谷さんは笑って大きく頷《うなず》く。ごちそうさまでしたと俺に頭を下げた後、暖簾の向こうから覗いていた和花にも声をかける。

「お店、終わってたのに、無理を言ってすみませんでした。すごく美味しかったです。ありがとうございました」

「あ、いえ。とんでもないです。また来て下さいね」

慌てて顔を出した和花が声をかけると、魚谷さんは嬉しそうに「はい」と答えてお辞儀した。帰る彼女を送って来ると言い、一緒に店を出る。外は既に真っ暗で、バス停まで送りますと告げて、並んで道を下り始めた。

市道沿いにあるバス停までは歩いて五分ほどで、間もなくして停留所の看板が見えて来た。バス二台が擦れ違うのがぎりぎりなほどの狭い市道だが、バス停脇には待合客の為に少しスペースが設けられている。そこに立ち、停留所の時刻表を見た。

七時台のバスは二十分おきに三本。四十分過ぎのものに乗れるだろうと考えていると、魚谷さんから「あの」と呼びかけられる。

微かな声には緊張が混じっている。少し離れた所に立っている魚谷さんを見れば、強張った顔があった。

「……この前の…お話なんですが…」

「……。はい」

やっぱり魚谷さんが訪ねて来たのは、スイーツが食べたかったからだけではなかったのだと分かり、俺は重々しく頷く。この前は余り気にならなかったが、魚谷さんは背が高い。俺と変わらない高さにある魚谷さんの目からは、今にも涙が溢《あふ》れてきそうな錯覚がした。

「私の……命を、お母さんにあげることは出来ませんか?」

「……」

魚谷さんがそう言い出すことは予想がついていた。これまで、最後の望みを携えてやって来たほとんど全ての人が、同じように自分の命をあげて欲しいと頼んで来た。必死な目で俺を見ている魚谷さんを静かに見返す。

魚谷さんが懸命に考えて出した答えなのは分かっていたが、俺は「分かりました」と単純に承諾することは出来なかった。魚谷さんを更に悩ませるのを知りながら、厭な確認をする。

「魚谷さんはそうすることの意味を、本当に分かってますか?」

「はい。病気が治るわけじゃないとしても、私の命をお母さんにあげて…それでお母さんが少しでも長く……」

「確かに、魚谷さんがお母さんにあげた命の分だけ、お母さんは長く生きられます。でも、その代わりに魚谷さんの寿命が縮まるんですよ」

「構いません…! お母さんが…発表会を見てくれるなら…、私…」

「ですが」

魚谷さんが自分の犠牲を厭《いと》わない覚悟をして訪ねて来たのは分かっている。でも、そんなに簡単な話ではないのだ。それを分かって欲しくて、お母さんのことで頭がいっぱいの魚谷さんが気付いていないであろう、リスクについて伝えた。

「魚谷さんは若いから、自分の命がまだまだあるつもりで、お母さんに少しくらい分けてもいいと考えているのかもしれませんが、魚谷さんの寿命があとどれくらいかは本当は分からないんですよ」

「……」

「若くても寿命の短い方はいます。お母さんに一月、命を移したとする。もしも、魚谷さんの寿命が一月なかったら、命を移してしまったことで、魚谷さんが亡くなってしまいます。それに…今は寿命の余地があったとしても、将来、後悔することになるかもしれない。お母さんに一月、命を移すということは、一月分、確実に魚谷さんの寿命が減ります。その一月の間に魚谷さんにとってとても大事だと…お母さんに発表会を見て貰う以上に、大事だと思えることがあるかもしれないんです」

静かで丁寧な口調を心がけて話し、最後に「分かりますか？」と聞いた。魚谷さんは先日以上にショックを受けた顔つきになっていて、呆然《ぼうぜん》として口元を押さえる。ショックを与えてしまったのが申し訳なく、俺は「すみません」と詫《わ》びて、深く頭を下げた。

そんな俺を見て、魚谷さんは我に返ったようだった。慌てたように首を振り、「ごめんなさい」と詫びる。

「私……」

私。もう一度、繰り返した後、魚谷さんは俯いてしまって、何も言わなくなった。俺からも何も言えず、無言で立ち尽くす俺たちの横を時折車が走り抜けていく。間もなくして、魚谷さんの背後に大きな光が見えた。あの明かりはバスに違いない。

「…バスが来ました」

「…」

俺の声を聞いた魚谷さんははっとしたように顔を上げ、背後を振り返った。俺たちに気づいて減速したバスがゆっくり停まり、扉が開く。魚谷さんは戸惑いを浮かべて俺を見たが、小さく息を吐いて、乗るように促した。バスには他の乗客もいたし、出発を遅らせるわけにはいかない。魚谷さんもそれは分かっているようで、俺に向かって深く頭を下げてから、バスに乗り込んだ。

扉が閉まる。魚谷さんは座席には座らず、立ったまま俺のことを見ていた。バスが動き出しても、ずっと俺を見ていた。

「……」

カーブしている道の先にバスのテールランプが消えると、俺は大きな溜《た》め息《いき》を吐いて踵《きびす》を返した。魚谷さんを更に悩ませてしまうようなことを言ってしまったという後悔はなかった。それより、よくよく考えた上で諦《あきら》めて欲しいと願った。一時的な思いは結局、誰のためにもならないことが多い。

魚谷さんにはバレリーナとしての未来もある。自分のことを一番に考えてくれるよう願いながら、店まで戻ると、駐車場のところに犀川さんが立っていた。

「犀川さん…」

もう看板は仕舞ったし、用はないはずなのに、犀川さんが外にいるのは俺を心配したからだろう。歩みを早めて近づいた俺に、犀川さんは無表情な顔で「何か仰《おっしゃ》ってましたか？」と聞いた。

「…自分の命を移して欲しいと言われましたが…、そんなに簡単なことではないのをお話ししました。…困らせてしまったと思います」

「柚琉さんは悪くありません」

きっぱり言ってくれる犀川さんに助けられるように思えて、小さく笑みを浮かべる。後ろを振り返り、暗い夜道をしばし眺めてから、腹の底に溜まっていた息を吐き出した。

「あとは…魚谷さんが決めることとです」

考え直してくれるといい…という本音は飲み込み、犀川さんに店へ戻ろうと声をかける。

バスの中から俺を見ていた魚谷さんの目が、脳裏に焼き付いていた。魚谷さんは諦められないに違いない。そんな予感は重いもので、頭の中が灰色の憂鬱《ゆううつ》で埋められていくようだった。

朧気《おぼろげ》に理解していた自分の力を初めて意識して使ったのは、祖父が亡くなった後…八歳の時だった。俺に力を使わせようとしなかった祖父とは違い、父は湊の家で特別な力を持って生まれた俺が、それを使うのは務めなのだと諭した。

「いいか、柚琉。誰にでも出来ることじゃないんだ。誇らしく思っていいんだよ」

お前は特別な子なんだから。そう言う父の声は優しく、熱心だったが、その目の奥には密かな憎悪が宿っているのに、俺は気付いていた。父は必死で理性を働かせようとしていたが、時折こぼれ落ちる昏《くら》い感情は、どうしても隠しきれていなかった。

父が怖いと、祖父に正直に打ち明けたことがある。表面上は穏やかでにこやかな父から、嫉妬《しっと》や羨望《せんぼう》といった負の感情を向けられているように感じていた。祖父は困った顔で溜め息を吐き、父がどうしてそうなってしまったのかを教えてくれた。

特別な力はこれまで隔世遺伝で現れて来た。だから、父は特別な力を持っていた祖母の孫である自分に、力が現れるのだと思い込んでいた。事実、父は幼い頃から、「特別な力はきっとお前に伝わるに違いない」と祖母に言われて育ったという。

なのに、実際は父を飛び越えて、俺に現れてしまった。しかも、最悪な形で。

「特別な力を持った、お前の使命なんだ」

だから、「お客」の望みには絶対応《こた》えなきゃいけない。父は俺に繰り返しそう言った。

そして、ある日、何処かの大きな病院に俺を連れて行き、そこで横たわっていた老人に、父は自分の命を移すように言った。

その老人が「お客」だったのかどうか。父との間にどういう事情があったのか、俺は今でも知らない。ただ、俺は父の命を移すなんて無理だと、泣きじゃくって拒否した。しかし、父は決して諦めてくれず、子供だった俺は逆らいきれずに、言う通りにするしかなかった。

その後もうちを訪ねて来る「お客」に父は自分の命を移すよう、俺に求めた。自分のしていることがどういう結果を生むのか、よく分かっていた俺はすごく辛かった。けれど、父に逆らえなかった。父がおかしくなってしまったのは、自分のせいだという思いがあったからだ。

言われるがまま、父の命を少しずつ、移した。恐怖心に耐えながら必死で従っていた俺が十四になった時、父は限界が来たのを悟ったようだった。もうやめる。そう言ってくれた時はすごくほっとしたが、それから父は内に籠《こ》もるようになり、加速度的に壊れていった。

俺が高二の時、学校から帰ると父がいなくなっていた。犀川さんに「ちょっと出かけて来る」とだけ言い残し、姿を消した。俺は和花と同じように心配しながらも、父と相対しなくてよくなったのに安堵《あんど》していた。父が再び、命を移せと言い出すのを、恐れていたのだ。

こんなことをしていたら、いつか、自分は父の命を奪ってしまう。

母と同じように。

お兄ちゃんと呼ぶ声にはっとして振り返ると、風呂《ふろ》を上がったばかりの和花が、座敷の方から不思議そうに見ていた。魚谷さんのことを考えていたら昔のことを思い出して、いつしか仏壇の前に座り込んでいた。どうしたの？　と聞かれ、何でもないと首を振る。

立ち上がって移動しようとしたものの、和花が隣に来て腰を下ろしてしまった。俺も座り直し、和花と一緒に仏壇の写真を見る。

「お母さんの写真、見てたの？」

「いや…、この仏壇も古くなったなと思って…」

本当は和花の言う通り、仏壇に飾られている母の写真を眺めていたのだが、認めるわけにもいかずに、もごもごとごまかす。和花は「そうなの？」と首を傾げ、古いのは当然だと言った。

「おじいちゃんとか…その前からあるんでしょ？」

「だろうな」

写真がなかったような時代の位牌《いはい》も並んでいる。犀川さんがまめに掃除してくれているから、埃《ほこり》一つ溜まってないが、俺と和花の二人だったら罰当たりな状態になっていたかもしれない。和花は位牌の前に並んでいる写真立てから母親のものを手に取り、まじまじと見つめる。

母は和花を産んですぐに亡くなったので、和花には母との思い出がない。写真に写る母は和花にとてもよく似ていて、見る度に不思議な気分になると言う。

「我ながら、この写真によく似てるなあと思うの。どう？」

「……。似てる」

写真と隣を見比べて言うと、和花は「違うよ」と言った。何を聞かれたのか意味が分からず、眉《まゆ》を顰《ひそ》める俺に、和花は実際の母親を知ってるじゃないかと言った。

「お兄ちゃんの記憶にあるお母さんって、こんな感じだった?」

自分の顔を指さして聞く和花に、俺は答えられなかった。まだ五歳だったんだ。覚えてるわけがないじゃないか。そんな答えでよかったのに、何も言えないでいる俺に、和花は「だって」と続ける。

「お母さん、亡くなった時に二十八歳だったんだよ。今の私と同じ」

「……」

「だから、お兄ちゃんが覚えてるお母さんって、こんな感じだったのかなと思って」

和花が今年で母の享年と同じ歳になったのは、俺も分かっていた。それに気付いた時は何とも言いようがない気分になった。あの時の母は自分のイメージ以上に若かったのだと気付かされると、胸が詰まるような思いがした。

柚琉! 最後に母が俺の名を呼んだ声は、まだ耳の底に残っていて、いまだに蘇《よみがえ》って来ることがある。和花の手元にある写真を見つめ、「そうだな」と小さな声で相槌《あいづち》を打つと、和花は「うーん」と溜め息のような声を上げた。

「なんだ？」

「だって。お母さんは私の歳でお兄ちゃんと私がいたんだよ？　それに比べて私は…」

結婚もしてないと憂える和花を見て、話がよくない方向へいきそうな予感がした俺は、

「そんなことない」ときっぱり否定した。否定しておかなければ、和花の頭に江崎が登場してしまうかもしれない。

「和花には店があるじゃないか。美味《おい》しいお菓子だって作れるし、お客さんたちを喜ばせることも出来る。子供を産む以上に立派なことだ」

「そうかな」

「ああ」

本当は比べる対象ではないのかもしれないが、ここは言い切っておかなくてはいけない。そう思って即座に返事したのに、普段優柔不断気味の俺の即答は、逆に不信感を与えたらしい。本当に〜？　と目を眇《すが》めて見る和花に、本気でそう思っているのだと弁明するのに苦労した。

魚谷さんからは何の連絡もないまま、土曜になった。土日は必然的にお客さんが増える

ので、俺も店の手伝いで忙しくなる。家事や雑事を先に片付けておこうと、午前中の段取りを考えながら朝食を食べていると、和花が衝撃的な発言をした。

「お兄ちゃん。今晩、江崎くんをうちに泊めるからね」

「えっ⁉」

　江崎を泊める⁉　大胆な発言に目を丸くする俺が、何を考えたのかすぐに分かったのだろう。和花は呆《あき》れた顔で肩を竦《すく》め、「だって」と続ける。

「お店が終わってから本格的に作業するつもりで、たぶん、深夜までかかるのよ。下手すると徹夜だと思うから、泊まるといっても寝る暇はないかもしれないんだけど…」

「あ…ああ、そういう意味か…。……‼」

　安心したのも束の間、自分がすっからかんに忘れていた重大な事実を思い出し、椅子から飛び上がった。文字通りぴょんと跳ねた俺に、和花は驚いていたが、不作法を詫《わ》びる余裕はない。箸《はし》を投げ捨て、台所を飛び出した俺は、自室に置いてあった携帯をひっつかんだ。

「し、しまった…！　ふ、深町…‼」

　水曜。店の定休日に深町がやって来て、ついでに津守も現れて、なし崩し的に司会を引き受けさせられた格好になってしまったが、俺は絶対にやるつもりはなかった。その確認を深町に取ろうと思っていたのに、魚谷さんの一件で頭がいっぱいで…。

「くっ…」

不器用過ぎる自分に憎しみを覚えつつ、携帯のボタンを押して深町に電話をかける。今日は土曜で、仕事は休みのはずだ。電話には出るはずだと思うのに、呼び出し音が鳴り続けるばかりで、留守電にさえ切り替わらない。

ようやく、コール音が途切れたと思ったら、電源が入ってないか電波の届かない…というアナウンスに切り替わってしまう。仕方なく、もう一度かけ直すと、また同じアナウンスが聞こえた。

「っ…」

恐らく、俺が鳴らし続けたせいで、バッテリー残量がなくなってしまったのだろう。なんて使えない！　メールが届くかどうかは分からなかったが、それしか手段はなくて、すぐに連絡を寄越せという文を送りつけた。

しまった。一生の不覚というやつだ。結婚パーティは明日。今から手配出来るプロの司会など、いるのだろうか。携帯を握り締め、悶々《もんもん》と考えながら台所に戻ろうとすると、向かいの座敷に犀川さんがいるのに気付いた。

犀川さんは先に朝食を食べ終えていたけど、何をしてるんだろう？　不思議に思って覗《のぞ》いてみると…。

「…!」

鴨居には俺のスーツがかけられており、それにブラシをかけているではないか。どうして、犀川さんがそんな真似をしているのか。恐ろしい予感を抱き、「犀川さん!」と呼びかける。

「はい」

「な、何してるんですか?」

「深町さんから電話を頂きまして。明日、柚琉さんが着るスーツを用意しておくように言われましたので」

「!」

深町の奴…! 外堀を埋めるにもほどがある。いつの間に犀川さんに連絡を取っていたのか。出遅れた自分を呪《のろ》うと共に、袋小路に追い詰められた気分で歯がみするしかなかった。

苛々《いらいら》しながら深町からの連絡を待っていたが、携帯は鳴らず、かけ直しても深町の携帯は繋《つな》がらない状態のままだった。そのまま昼になり、店がオープンする時間になった。手伝いに駆り出された俺は、携帯をエプロンのポケットに忍ばせ、いつ電話が来ても出られるようにしていたが、結局、店が閉まる時間になっても連絡はなかった。

和花と犀川さんに後片付けを任せ、夕飯作りの為に家の方へ戻った俺は、深町にどうやって連絡を取ったものか、頭を悩ませていた。実家近くに部屋を借り、一人暮らしをしている深町のところには家の電話はない。

実家に電話して、おばさんに連絡するよう伝えてくれと頼んでみるか。いや、それはそれでひどく面倒な話になりそうだ。だとしたら…俺が直接…と思いかけた時。念願の電話が入った。

携帯に飛びつき、深町の名前を見てボタンを押した俺が、「深町！」と名前を呼ぶ前に、明らかに不機嫌と分かる声が聞こえて来る。

『何の用？』

「……」

本来、勝手な真似をされて怒っているのは俺の方だ。なのに、何故深町の方がふて腐れているのか。疑問に思いつつも、「司会の件だ」と伝える。

『進行表なら添付ファイルにしてメールで送ったわよ』

「進行表とか、そういう問題じゃない。俺は司会をやらないし、明日も出席しないと…」

『パーティは明日なんですけど？』

今頃何を言ってるのかと、吐き捨てるように言い、ついでに「フン」という鼻息までつけ加える。深町は可愛らしさとは無縁の性格をしているし、殊勝な態度も見せない不遜《ふそん》な奴だが、それにしたってひどく不機嫌だ。

もしかし、仕事でトラブルでもあったのだろうか。俄《にわか》に心配になり、「どうかしたのか？」と聞くと「別に」と返される。

『もういい？　私、今仕事中なのよ』

「いや、よくない。とにかく、俺は司会なんて…」

『じゃ、津守に任せてもいいと？』

「それは…」

まずいから、他に頼め。俺がそう続けようとしても、マックス不機嫌な深町は取り合おうとしなかった。

『明日はスーツで来てよ。司会がスウェットじゃさすがにまずいからね。江崎くんと和花ちゃんがウェディングケーキを運ぶ為にワンボックスカーを借りるって言ってたから、それに乗せて貰《もら》って来て。時間は和花ちゃんに聞いて』

「お、おい…」

『私、校了で忙しいのよ』

じゃあね！　と一方的な終わり方で、深町は通話を切る。いつもなら「なんだとぅ!?」と怒るところであるが、余りに様子がおかしいように感じて、腹を立てることも出来なかった。どうしたんだ、あいつ…。

自分の意志が徹底的に無視されたにもかかわらず、深町が気がかりで、机の上に置いた携帯を見つめた。やっぱり仕事で何かあったのかもしれない。だとしても、俺に出来ることはないだろうから、そっとしておくしかないのだが…。

「参ったな…」

となると、このまま、司会を引き受けたことになってしまうのか。それはまずい。パーティに出る気もないのに。どうしたものかと頭を悩ませている内に、店から和花と犀川さんが戻って来てしまった。和花にはこれからウェディングケーキ作りがある。慌てて、夕飯の支度を始めるしかなかった。

夕飯を食べ終えてしばらくした頃、江崎がやって来た。そのまま、和花と共に店の調理場でウェディングケーキ作りを始め、犀川さんも手伝いに入っていたが、俺には出来ることもない。一人で悶々と、明日の司会をどうするべきか頭を悩ませていた。

座敷には犀川さんによって明日の衣装が用意されている。スーツなんて、随分長い間、袖《そで》を通していない。これを着て、人前で司会をするなんて…。俺には無理だと、顰《しか》めっ面《つら》で首を振った時。

「柚琉さん」

ふいに声をかけられ、驚いて振り返れば、犀川さんが立っていた。作業は終わったのかと聞くと、自分が手伝えることがなくなったのだと答える。

「朝までかかりそうなので、先に休んで欲しいとのことでした」

「そうですか」

和花との関係は気がかりなところだが、江崎が手伝いに来てくれてよかったと純粋に思う。二人がかりでも徹夜だというのに、和花一人だったら、どうなっていたことか。時刻はいつの間にか十一時近くになっており、犀川さんは風呂《ふろ》には入ったかと聞いて来る。

「まだですが、先にどうぞ」

「では。……ところで、柚琉さんは司会をやりたくないんですか？」

犀川さんは津守の前で、深町と俺が小芝居を打った様子を見ている。あの時の深町の発言を聞いていた犀川さんは、俺が司会をやりたいのか、やりたくないのか判断がつきかねているようだった。ちょっと考えれば分かるだろうけど、犀川さんには通じにくいニュアンスかもしれない。

「やりたくないんです。パーティにも出席しないと、深町には言ったんですが……」

「どうしてですか？　深町さんや津守さんもご一緒で、高校のご友人が集まるのだったら、楽しそうじゃないですか」

犀川さんは理由を尋ねるけれど、それに答えるのは難しくて、何も言えなかった。惨めな自分を再認識させられるのが辛い……と本音を言ったとしても、犀川さんには分かって貰えないだろう。

俺は自分の人生は終わったも同然だと思っている。俺の人生のピークは二十五の……作家としてデビューし、賞を取ったあの時で、あれからずっと落ち続けている。俺が一番怖いのは「今何してるの？」と聞かれることで、答えられない自分と、気の毒そうに見る相手の目を想像しただけで、足が竦《すく》むのだ。

近所を歩くのだって本当はびくびくしている。日常的な挨拶《あいさつ》程度ならまだしも、少しでも話し込んでしまったら、厄介な問いかけをされそうで、いつも早足で通り過ぎる。そんな俺が、旧友たちが集まる場になんか、顔を出せるわけがない。

俺が卒業したのは地元でも名の知れた学校だったこともあり、友人たちもそれなりの人生を歩んでいる。出版社で編集者としてバリバリ働く深町や、外科医として多忙な日々を送る津守のように、皆ちゃんとした居場所があって、自分のしていることをきちんと語れる人間ばかりなのだ。

そんな場で、もしも誰かが「ところで」と俺に水を向けたりしたら？　何気なく問いかけた相手にも、気まずい思いをさせてしまうような、固い反応しか返せないに違いない。

たとえば、俺がまだ勤め人を続けていたのだとしたら、よかった。仕事が忙しくて、なんて言い訳も使える。けれど、何でも透明になってしまったこの世の中で、名を売るような商売にいったんついてしまったら最後、嘘さえも吐けないのだ。

やっぱり、無理だ。どうしてですかと問われ、その理由を改めて言葉にしてみると、そういう思いが強くなった。角田や西村には悪いが、津守に頼んでみよう。もしかしたら、吉と出ることもあるかもしれない。

ぎゅっと拳《こぶし》を握り締めて決意を固くし、携帯を取りに行こうと台所に向かいかけた時だ。

突然、家の電話が鳴り始めた。

「…！」

十一時近いような夜更けに電話して来る相手に心当たりはない。誰だろう…と不審に思う俺の横から犀川さんがさっと動き、廊下の壁際に置かれている電話を取った。

「はい。湊でございます」

機械的な口調で応《こた》えた犀川さんは俺の方をすぐに見た。その仕草で、俺宛《あて》の電話であるのが分かり、小さく息を吐いて犀川さんに近づく。少々お待ち下さい…と言って、犀川さんは受話器を俺に差し出した。

「魚谷さんです」

「……」

魚谷さんに家の電話番号を教えた覚えはないが、番号案内などで調べたのかもしれない。こんな時間に魚谷さんが電話して来た理由は…。心臓がどきどきして来るのを感じながら受話器を受け取り、覚悟をしてから耳につけた。

「…お電話かわりました」

『……魚谷…です…』

「……どうしました？」

『…お、かあさんが……』

電話の向こうから聞こえて来るのは泣き声のようで、魚谷さんの説明を聞かなくてもどういう状況であるのかは想像がついた。お母さんが危険な状態にあるのだろう。なんて言えばいいか分からず、困惑する俺に、魚谷さんはか細い声で「お願いします」と頼んだ。

『…お願いします……、先生にお母さんの命を延ばして貰うよう…お願いして下さい。私……私、どうしても厭《いや》なんです…。このまま、お母さんと別れるのは……厭なんです』

何でもしますから…と繰り返す魚谷さんに、どうしようと迷う前に「分かりました」と答えていた。迷う気持ちは消えないが、覚悟を決めなくてはいけない。魚谷さんに何処にいるのかと聞くと、お母さんが入院している病院だという。偶然にも、津守が勤めている病院だった。

すぐに行くと告げ、病棟名と部屋番号を聞いてから受話器を置く。隣にいた犀川さんに「出かけて来ます」と告げ、テーブルの上にあった携帯を持ち、引き出しから財布を取り出した。慌てて玄関へ向かうと、廊下で寝ていたマカロンが驚いた顔で見て来る。起こしたのを「ごめん」と詫《わ》びて、スニーカーを履くのももどかしい気分で外へ出た。

既に十一時を過ぎているからバスもない。タクシーを捕まえるには…駅まで行かないとやっぱり駄目だろうか。そんなことを考えながら小走りで細道を下りかけた時、「柚琉さん」と呼ぶ犀川さんの声が後ろから聞こえた。

え…と思って振り返ると、犀川さんはつかつかと早足で俺の方までやって来て、「お送りします」と言った。

「送るって…」

どういう意味なのか分からず、首を傾げる俺の横を通り過ぎ、犀川さんはおもむろに鍵《かぎ》を取り出した。キーホルダーのついているそれは見慣れないもので、家の鍵ではない。犀川さんはその鍵を手にし、魔法使いが杖《つえ》を使うみたいな仕草であるものに向けた。その先には…。

「…!?」

店の駐車場に停まっていた深緑色のミニクーパーがあり、ピッという音がしてロックが解除される。それは江崎が乗って来ていた彼の車だったのだが、その鍵を犀川さんがどうして持っているのか。いや、それよりも前に…。

「さ、犀川さん…!?」

一体、どういうことなのか、状況が把握出来ないでいる俺に、犀川さんは助手席に乗るよう言い、自分は運転席のドアを開けて乗り込む。ちょっと、待ってくれ！　慌てて、車に駆けつけ、助手席のドアを開けると、犀川さんがエンジンをかけていた。

「犀川さん、あの…っ…」

「早く乗って下さい」

犀川さんは普段からただでさえ恐ろしい顔なので、厳しい口調で命令されると、「ひっ！」と叫びたいような恐怖を感じる。言われるがまま、助手席に乗り込み、ドアを閉めると同時に、犀川さんはアクセルを踏み込んで車を発進させた。

俺は焦ってシートベルトを締めながら、運転席の犀川さんに基本的な…実に、基本的な質問を向ける。

「犀川さん、免許持ってないですよね!?」

「運転は出来ます」

「でも、免許ないですよね？」

持ってるわけがないのだ。だって、犀川さんは人間じゃないんだから！　運転が出来るとしても、無免許で公道を走るなんて許されない。その辺、頭の固い俺がそう言い張ると、犀川さんはいつも以上に冷たい目つきで俺を見た。

「間に合いませんよ？」

「……」

確かに、魚谷さんはかなり危ない状況だから電話して来たんだろうし、タクシーを捕まえるにしたって、こんな夜中の、駅からも遠く離れた場所ではいつになるかも分からない。犀川さんに反論出来ず、ぐっと押し黙る。無免許の犀川さんの車に乗るか、あてもなくタクシーを探すか。

ええい、どうにでもなれ。自棄《やけ》気味に覚悟を決め、シートベルトを握り締める。無事、着きますように！　そう願ったばかりなのに。

「うわああ！」

犀川さんが減速せずにカーブに突っ込むものだから、車が斜めになって叫び声を上げた。何せうちの辺りはアップダウンが激しく、カーブも多い。このままじゃ、俺の方が先に天国に行ってしまう。安全運転でお願いします！　と頼む声は悲壮な響きに満ちていた。

「………」

我が家には車がない。祖父も父も免許を持ってなかったし、俺も和花も、車に乗りたいとは思わなかったので免許を取っていない。だから、どうして犀川さんが運転出来るのか、不思議だった。

「…犀川さん。いつの間に運転出来るようになったんですか？」

「以前、津守さんの車に乗せて頂いた時に教えて貰《もら》いました」

「津守に？」

「はい。右がアクセル、左がブレーキ。このレバーをDのところにあわせると前に進み、

Rだと後ろに進みます」

「………」

それは…俺でも知ってる。ていうか、それだけの知識で運転してるわけ？　改めて恐ろしさが身に染みたが、安全運転を頼んだ後は車は順調に進んでいた。恐らく、実際に運転するのは初めてなのだと思うが、筋がいいというやつなのか。

「…犀川さん。行き先は…分かってるんですか？」

「津守さんの勤め先の病院だと言ってましたよね？」

「はい。そうなんですが…そこまでの行き方を…」

知ってるのかどうかと確認する俺に、犀川さんは「これがあります」と言ってナビを指さした。ま、まさか、ナビまで使いこなせちゃうわけ？

「これに行きたい場所を入れれば案内してくれるんです」

「…それも津守から？」

「はい」

真面目な顔で頷《うなず》く犀川さんに曖昧《あいまい》な相槌《あいづち》を返して、小さく息を吐く。前々から思ってたけど、犀川さんって優秀なのだ。順応力がものすごく高い。同じような条件下で運転しなくてはいけない羽目になったとして、俺にはこんな風に行動出来る能力は絶対にない。

下手に口出しせず、おとなしく乗ってるのが一番だ。そう思って、前方を見た時、もう一つ、気になる事実を思いついた。

「…よく江崎くんが車を貸してくれましたね？」

江崎にはもちろん無免許であるのは話さなかったのだろうが、何回かしか会ったことのない相手に車を貸すというのは、なかなか度胸のいることだ。急用だとでも言って頼んだのだろうか。訝《いぶか》しげに聞く俺に、犀川さんは平然と返す。

「鞄《かばん》に鍵が入ってましたので」

「……。それって…勝手に借りて来たってことですか？」

「大丈夫です。朝までかかると仰《おっしゃ》ってましたから、気付かれません」

「……」

おいおい。ほぼ犯罪じゃないか、これ…。せめて、江崎の車を無疵《むきず》で戻す為にも安全運転に努めて貰うようにしよう。警察に捕まらない為にも。万が一でも警察に捕まってしまったら、無免許だけで問題は済まない。だって、犀川さんには戸籍とかもないはずなのだ。本当のことを話したところで、俺の頭を疑われるだけだろうし…。

そんな冷や汗もののドライブは、かえって俺にはよかったのかもしれない。深刻な状況を憂える余裕もないまま、いつしか横浜にある病院に到着していた。海辺に建つ病院は大学の付属病院で、津守の勤務先でもあることから、何回か訪ねたことがある。

深夜の為、空《す》いている駐車場に車を停めると、犀川さんも一緒に魚谷さんから聞いた病棟を目指した。深夜であるから出入り口は限られていたものの、急患を受け入れる施設があるせいか人気は絶え間なくあり、救急車の音も聞こえる。職員もそれ以外の人も自分のことで精一杯のようで、俺たちは見咎《みとが》められることもなく、目的の病棟に着いた。

魚谷さんから聞いた部屋番号の前に立つと、ドアを開ける前に大きく深呼吸した。電話では泣いて訴える魚谷さんに分かりましたと答えて駆けつけて来たが、いざとなってみると、迷いが消えていないのが分かる。

自分のすることが、結果として魚谷さんにとっての最大の不幸を招くかもしれないのだから、当然だ。無言で立ち尽くす俺に、犀川さんは何も言わず、ただ傍に立っていた。

「……」

もしも、俺が魚谷さんの命を奪うことになってしまったら…。想像するだけで怖い。でも、ここまで来て引き返すわけにはいかない。深く長い息を吐き出すと、俺は震えそうな手を伸ばしてドアを引き、静かな部屋の中へ入った。

「…湊さん…」

カーテンの間から顔を覗《のぞ》かせると、椅子に座っていた魚谷さんが立ち上がる。真っ赤に泣《な》き腫《は》らした目が痛々しかったが、ベッドを見れば、仕方のないことだと頷ける。魚谷さんのお母さんと思《おぼ》しき女性は、酸素マスクを着け、幾つもの管に繋《つな》がれており、意識もない様子だった。

深刻な状況に声がかけられず、立ち尽くす俺に、魚谷さんは「お願いします」と言って頭を下げた。

「どうすれば…いいのか、教えて下さい。このままじゃ…もう…。先生は療養中だというお話でしたけど……どうにかして…お願い出来ないでしょうか…。私……どうしても……、お母さんに…最後に、自分の踊りを見て欲しいんです」

「……」

「この前…湊さんに言われたことも考えました。確かに…自分自身の寿命があとどれくらいあるかなんて分からなくて…、明日死ぬかもしれないし、八十歳まで生きるかもしれない。でも、今、私がお母さんに命をあげるって選択するのは、自分の意志ですから。それでもし死んでしまったら、…それが私の寿命なんだと思います」

選んだのは自分自身なのだから、後悔はしない。きっぱりそう言って、魚谷さんは俺を真っ直ぐに見た。眦《まなじり》から零《こぼ》れた涙が頬を伝う。ひっきりなしに溢《あふ》れる涙を掌《てのひら》で拭《ぬぐ》って、魚谷さんは涙声で続ける。

「お母さんは…私の為に……私にバレエをやらせる為に……一生懸命…助けてくれたんです…。だから……だから……最後に…」

魚谷さんの判断が正しいのかどうか、俺には決められなかった。ただ、切実な彼女の気持ちは俺の逃げ場を奪う。深く頭を下げたままの魚谷さんから、背後に立つ犀川さんに視線を移した。

「……」

犀川さんは何も言わない。いつもと変わらない表情で俺を見ているだけだ。ただ、その目は何処か哀しそうにも見えて、この前、無理をするなと言ってくれた時の犀川さんを思い出させた。

犀川さんは俺の苦しみを分かってくれている。そんな確認に背中を押されるようにして、俺はベッドの脇に立つ魚谷さんの近くへ歩み寄った。

「魚谷さん」

静かに呼びかけて、顔を上げた魚谷さんの手を握る。不思議そうに見る濡《ぬ》れた目を見つめ、確認した。

「お母さんに発表会を見て欲しいんですね？」

「……。はい…」

「発表会は……一月でしたね？」

はい……と魚谷さんが返事するのを聞いてから、俺は魚谷さんの手を握ったまま、ベッドへ近づき、お母さんの手を取った。俺を介して魚谷さんとお母さんが繋がる。

「……」

目を閉じて、数を数える。一、二、三……。

父から命を移すように命じられた時、俺は恐ろしくて無理だと首を振った。初めて、それをした時のトラウマが大き過ぎて、二度とあんな真似はしたくないと思っていた。けれど、父の意志を退けることは出来ず、泣きじゃくるしかなかった俺に、犀川さんが密かに教えてくれた。

数を数えてご覧なさい。一で一日です。二で、二日。ゆっくり心を落ち着けてやれば、その通りになります。前のようなことにはなりません。

犀川さんがアドバイスめいた言葉をくれたのは、その時だけだった。それから幾度か繰り返した中で、犀川さんのアドバイス通りになっていることが分かり、コツみたいなものが摑《つか》めた。

でも、同時に。一、と数えるごとに、父の命を減らしてもいたわけで、俺の中には数えた数の分だけ、罪の意識が確実に刻まれていった。

「……」

一月に行われる発表会まであと二ヶ月くらいと考え、それだけ分の数を数えたところで目を開け、魚谷さんとお母さんの手を同時に放した。深く息を吐いて魚谷さんを見ると、怪訝《けげん》そうな顔で俺を見ている。魚谷さんが元気でいてくれたのにまずほっとして、最悪の結果にならなかったことに感謝する。

魚谷さんには「命を延ばす」ことの本当の意味については話したが、そのやり方については話していない。魚谷さんは療養していると話した俺の父が、術者であると誤解しているようだった。

まさか、俺がそうであるとは思ってもいなかったに違いない。何が行われたのか分かっていない様子の魚谷さんに、望みは叶《かな》えたと告げた。

「魚谷さんの命をお母さんに移しました。一時的に元気になると思いますが、病気が治ったわけではないので、誤解はしないで下さい」

「い…まので？」

「断っておきたいのですが、これは二度とは出来ません。もし、お母さんが寿命を迎えられて、またと望まれてもかないませんから。それと、このことを信じるか信じないかは魚谷さん次第なんですが、誰にも話さないと約束して下さい」

お願いします…と俺が頭を下げた時だ。ベッドから「結羽《ゆう》？」と魚谷さんの名を呼ぶ声が聞こえた。魚谷さんは飛び上がるようにして驚き、ベッドのお母さんを見る。

「お…お母さんっ…⁉」

「どうした…の？」

酸素マスク越しの声ははっきり聞こえなかったが、さっきまで意識のない状態で目を閉じていたお母さんが、確かに目を覚ましている。不思議そうな顔でいるお母さんの手を握り、魚谷さんは「お母さん…！」と叫んでベッドの脇にかがみ込んだ。涙を流しながらよかったと繰り返す魚谷さんに敢《あ》えて声はかけず、俺は犀川さんと共にそっと病室をあとにした。

広い病院内をぐるぐる歩いて建物を出ると駐車場に向かい、停めてあった車に乗り込んだ。犀川さんが行きの時よりも慣れた様子で車を発進させる。もう日付が変わっているせいもあり、道は空いていて、まるで貸し切りのようだった。

車に揺られてぼんやり外を眺めながら、こんな風に夜中にドライブするのはいつ以来だろうと考えた。たぶん、大学生の時以来だ。深町と一緒に津守の車に乗せて貰《もら》って、色んなところへ行った。富士山まで行ったこともある。

あれから十年近くが経つ。十年一昔というけれど、本当に昔のことのように感じられる。この十年、俺は何をしてきただろう？　これからの十年、俺は何が出来るだろう？　魚谷さんの十年は？　春には留学すると言っていた魚谷さんが、バレリーナとして活躍出来ることを願っていると、ふいに涙が頬を伝い落ちた。

「…え」

あれ…と小さな声で呟《つぶや》き、顔を俯《うつむ》かせると、零れた涙の滴がデニムに染みを作る。どうして泣いているのか自分でも分からず、戸惑いながら手の甲で目元を拭《ぬぐ》う。止めようとするほどに涙が溢れて来て、どうにもならなかった。

一人ならよかったけど、隣には犀川さんがいる。狭い車の中だったから隠しようがないと思いつつも、見られたくはなくて、運転席の方から意識して顔を背けた。静かに息を吸い、気持ちを落ち着かせようと努力する。

ほっとした気持ちが涙になったのだと、頭の何処かで分かっていた。魚谷さんの命を奪ってしまうようなことにならなくてよかった。この先、どうなるかは分からないが、少なくとも、俺の目の前で死んでしまったりはしなかった。

母のように。

「……………」

二十八年前。母は自宅で和花を産んだ。五歳だった俺は妹が生まれたのが嬉《うれ》しくて、その誕生を喜んだ。しかし、祖父も両親も素直には喜べないようだった。産声も上げられないほど弱々しく生まれて来た和花は、翌日には息をしなくなった。

青い顔の父と祖父が家の中を走り、俺は和花を抱いた母の傍にいた。和花の名前を繰り返し呼び、どうか生きて欲しいと願う母の言葉を聞いていた俺は、何とかしなきゃいけないと思った。自分に何が出来るのかも分かっていなかったのに、母と和花の手を握った俺は、本能的に自分の力を理解していたのだろう。

和花を救いたい。そんな母の願いを叶える為に、俺は母の命を和花に移した。ただ、必死に両方の手を握っただけで、自分が何をしたのかも分かっていなかった。

「…っ…」

柚琉！　母は最後に俺の名を呼び、その場に頽《くずお》れるようにして息絶えた。代わりに和花が激しく泣き始めた。何が起きたのか分からず、呆然《ぼうぜん》とする俺の元へ祖父が駆けつけて来た。そして、泣いている和花と、息をしていない母と手を繋いでいる俺を見て、聞いた。

お前がやったのか？　と。

驚愕《きょうがく》と困惑がない交ぜになった顔の祖父に何も答えられないでいると、父が姿を見せた。

父は倒れている母の名を呼び、慌てて救命措置を始めた。祖父もそれを手伝い、騒然とする座敷で俺は和花の小さな手を握り締め、自分が何をしたのかを考えていた。

俺は母の命を…。

「柚琉さん」

「……」

犀川さんの声にはっとして隣を見ると、無表情な顔で「着きました」と告げられる。家の近くまで来ているのにも気付いていなかった俺は、車が店の駐車場に停まっているのを見て、大きく息を吐いた。

「すみません…」

泣いていたのを犀川さんは気付いているのかもしれないが、何も言わなかった。エンジンを切った車から降りると、犀川さんは鍵《かぎ》についたリモコンで車をロックし、自宅の門の方へ向かって細道を上り始めた。俺はその隣を歩きながら、ちょっとした不安を口にする。

「江崎くんにバレませんか？」

「江崎さんがこの車に乗るのは、早くても今日の午後になると思います。その頃にはエンジンも冷えているでしょうし、ガソリンも大して減っていませんから、気付かれないと思います」

論理的な説明になるほどと頷《うなず》き、門扉を開けて中へ入る。玄関の引き戸は鍵もかけてなくて、いかに慌てていたとはいえ、不用心過ぎると反省した。家の中に入ると、廊下で寝ていたマカロンが不思議そうに顔を上げたので、その傍にしゃがみ込んだ。

「ごめん。起こしたな」

苦笑して謝る俺をマカロンが眠そうに見返す。微《かす》かに首を傾げるような仕草に癒やされて、「お休み」と告げて立ち上がった。犀川さんは何処に行ったのかと思いつつ、台所へ向かうと、シンクの前にその背中があった。

時刻は既に二時近い。和花たちの作業はやっぱり朝までかかるようだ。徹夜仕事になってしまうなんて、ウェディングケーキを頼んだのは安易だったかと心配しながら、椅子に座る。ふうと息を吐くと、ことりと音がした。

「……？」

不思議に思ってテーブルの上を見れば、薄茶色のアイスクリームが盛られた白い小さな器が置かれていた。もちろん、犀川さんが置いたのだが、俺はアイスクリームが食べたいなんて一言も言ってない。

それに時刻は深夜だ。なのに、どうしてアイス？　怪訝そうに見る俺に、犀川さんは「食べてみて下さい」といつもの淡々とした口調で言う。

「え…あ…、はい」

断ることでもなくて、一緒に添えられたスプーンを手にする。シンクの前にいたから片付けものでもしているのかと思ったが、これの用意をしていたらしい。銀色のスプーンで柔らかなアイスクリームをすくい、口へ運ぶ。

「……。…キャラメル？」

一瞬、何の味か分からなかったのだが、香ばしい風味はキャラメルのものだと気づき、犀川さんに尋ねる。犀川さんは「はい」と頷き、試作品なのだとつけ加えた。

「どうですか？」

「美味《おい》しいです」

「……」

「いや、本当に美味しいですよ？」

ちゃんと答えたつもりだったのに、無表情な中にも不服そうな雰囲気を感じ取って、慌てて繰り返す。実際、とても美味しかった。犀川さんのアイスクリームと言えばバニラ味が鉄板で、それも美味しいけれど、こういうフレーバーものもいいものだ。

「店で出すんですか？」

「いずれ」

「うん。これでも十分に出せると思いますよ。美味しいです」

まだ疑われているような気がして、もう一度言ってみたのだが、犀川さんは微妙に疑わしげな顔をしている。もう一回言ってみるかな？　いや、繰り返すほどに怪しさが増しそうだ。

しかし、正直に言わせて貰えば、甘い物音痴の俺に試食させるのが間違っているのだ。美味しい以外の感想が思いつかず、困った気分で残りのアイスクリームを食べ終えた。甘さの中にもほろ苦さの残るアイスクリームはあっという間になくなってしまう。深夜にアイスなんて…と思ったものの、意外にいける。疲れた身体が本能的に甘いものを欲していたからなのかもしれない。

「……」

もしかして、犀川さんはそれに気付いていて、勧めてくれたのだろうか。キャラメル色が残る白い器を見つめて考えていると、犀川さんが「では」と言った。

「私は先に休ませて頂きます」

「…あ…はい。犀川さん」

「はい」

「ありがとうございました」

アイスクリームを食べさせてくれたのにも感謝していたけれど、それより、犀川さんが思い切った行動に出てくれなかったら、間に合わなかった可能性もある。病室で横たわっていた魚谷さんのお母さんは、かなり危険な状態に見えた。

改めて礼を言う俺に、犀川さんは何も言わなかった。少しして、「いえ」と言って首を小さく振る。

「…お休みなさい」

物言いたげな雰囲気も感じられたが、犀川さんは挨拶《あいさつ》だけ残して、自分の部屋へ向かった。一人になった俺は空になった皿とスプーンを洗い、座敷で寝転がった。甘いものを食べて回復したような気がしていたけれど、横になると全身が怠《だる》くて疲れているのが分かる。目を閉じると、魚谷さんの泣き顔が浮かんだ。魚谷さんはもう泣いていないだろう。いつか再び、涙を流すことにはなるのだろうが、せめてそれまでの時間を大切にして欲しい。ごろりと寝返りを打てば、暗がりの向こうに仏壇が見える。飾られている母の写真までは見えない。あの時、母は二十八歳だった。俺は母に残っていた命を全て和花に移してしまった。

命を落としかけていた和花は生き延びたが、母から移した命の分しか生きられない。和花は自分が既に五十六歳分、生きていることを知らないのだ。

あとどれくらい生きられるのか、自分の寿命を知ってる人間なんていない。かく言う俺だって、明日死ぬかもしれない。だから、和花と同じ条件下にあると言えるのかもしれないが、それでも、和花が抱えているリスクの方が確実に高い。

だから、俺は和花にしあわせになって欲しいと思う一方で、結婚して子供を産むようなことがあるのを恐れている。一番、しあわせな時に和花の命が潰《つい》えてしまったら。そんなの誰だって同じなのに、どうしてもそうは思えない。だが、自分の後悔で和花を縛ってもいいのか？　そんな問いかけを自分に向けている内に、いつしか睡魔に襲われ、意識を失っていた。

ずっと寒いなあと思っていたのだが、熟睡していたから起きるのが億劫《おっくう》で、我慢していた。寒い眠い、寒い眠い。そんなループのただ中にいた俺は、「お兄ちゃん！」と呼ぶ和花の声ではっと目覚める。

「…ん…？」

「なんでこんなところで寝てるの？　布団もかけずに…風邪ひくよ」

寝ぼけ眼を擦《こす》って目を開ければ、和花が呆《あき》れた顔で見下ろしている。こんなところ？

不思議に思って身体を起こした俺は、ようやく自分が座敷で寝入ってしまったのを思い出した。寒いわけだと納得しつつ、あちこちが痛いのに閉口しながら、立ち上がる。

「あいたた…、しまった…。寝直して来る」

「何言ってるの。早く着替えて。もう出かける時間だよ」

「へ？」

「今、江崎くんと犀川さんが荷物を積んでくれてるの。私も着替えて来るから、お兄ちゃんも早くしてね」

顔も洗ってよ！　と言い残し、和花はばたばたと二階へ上がって行ってしまった。江崎と犀川さんが荷物を積んでるというのは…つまり、和花たちが徹夜で作っていた、結婚パーティ用のウェディングケーキやプチフールやらが出来上がったということか。

「……！」

はっとして時計を見れば、既に八時を過ぎていた。まさかと思うような事態にあわあわしながら座敷をぐるぐるする。しまった。昨夜、犀川さんと話してて、改めてパーティには出席出来ないと思い、どんな結果になってもいいから津守に司会を代わって貰《もら》おうと決断したものの、魚谷さんから電話があって、慌てて病院に駆けつけた。

帰って来てからそのまま寝込んでしまったせいで、津守に連絡は取れていない。今から電話して……と考え、携帯を探していると、早業で着替えを済ませた和花が二階から下りて来た。

「お兄ちゃん！　何してるの？」

「い、いや。あのな…やっぱり、俺は…」

「早くして。向こうでやりたい作業もあるし、帰って来てお店の準備もしなきゃいけないし、もう出なきゃまずい時間なんだよ」

「あ…ああ。だが…」

「ほら。上脱いで」

普段の和花はどちらかと言えばおっとりしていて、ペースもゆっくりな方なのだが、いざとなると人が変わる。そもそも二十代で自分の店を持ってしまうような、芯《しん》の強さがあるのだ、和花には。うだうだ言ってる俺のところまで来て、鴨居にかけてあったスーツを手にし、着ているシャツを脱ぐように要求する。

その表情は怖く、俺は従うしかなかった。たぶん、和花はものすごく疲れてたんだと思う。そりゃそうだ。常に客が絶えない店の営業を済ませた後、徹夜でケーキやお菓子を作っていたのだから。

逆らえないまま、和花が差し出して来るシャツに袖《そで》を通し、ズボンを穿《は》いて、ネクタイをひっかけ、上着を着る。「行こう」という声に頷き、携帯と財布だけひっつかんで、和花の後について店に向かった。

店に江崎と犀川さんの姿はなく、出入り口から外に出ると、駐車場にワンボックスカーが停まっていた。後部ドアを閉めた江崎が和花に「終わったぞ」と声をかける。

「ありがとう。じゃ、犀川さん。後はよろしくお願いします」

「お気をつけて」

お兄ちゃんは後ろに乗ってね…と和花が言い、江崎が後部座席のスライドドアを開けてくれる。流されるままに俺が車に乗り込むと、和花は助手席に、江崎は運転席に乗り、甘い匂いが充満した車は横浜を目指して走り始めた。

おいおい。どうするつもりだ、俺。車窓からの景色を眺める余裕もなく、俺は後部座席で頭を抱えていた。このまま会場に着き、なし崩し的にパーティに出席し、あまつさえ司会までやらされてしまうのか。

それはいかん！　しかし、和花に出席したくない理由は言えない。これ以上、情けない兄だと思われるのはまずい。となると…後は…。

追い詰められた俺が最終手段を頭に浮かべた時だ。和花のスマホが鳴り始め、鞄《かばん》から取り出したそれを見て、「麦《むぎ》ちゃんだ」と呟《つぶや》く。

「…はい。…うん。さっきお店を出て、今、横浜に向かってるところ。…あと一時間くらいで着くみたい。麦ちゃんは？　…うん…。そうだね……分かった。……え？　もちろん、一緒だよ」

後部座席から身を乗り出すようにして話を聞いていた俺に、和花は突如振り返ってスマホを差し出す。麦ちゃんが代わってだって。そんな台詞《せりふ》は待ち構えていたもので、すうと息を吸ってスマホを受け取った。

『観念したの？』

「…あのな」

『私、これから教会での式に出席するの。終わったらすぐに行くけど、よろしくね』

「ちょっと、待て。深町…」

『腹が痛くなっただの、頭が痛くなっただの、バレバレの仮病で逃げ出そうなんて考えてないわよね？』

「……」

ぎくり。つい今し方、計画しかけていた作戦を見抜かれ、返す言葉がなくなる。俺が押し黙った隙を突くように深町は「頼んだわよ」と一方的に言って通話を切ってしまった。

仮病作戦まで封じられてしまうとは。四面楚歌《そか》、八方塞《ふさ》がり、万事休す。深い溜《た》め息《いき》を吐いて和花にスマホを返し、遠い気分で車窓の外を眺めた。

これは…もう、腹を決めて立ち向かうしかないのか。結婚パーティに向かうとは思えない、どんよりとしたオーラを漂わせながら、俺が悶々《もんもん》としている内に車は目的地に着いていた。

まだ新しい白い外壁の建物はシックな外観で人目を引く。江崎が建物の裏にある搬入口に車をつけると、連絡を受けていたのか、中から白い調理着姿のスタッフが数名出て来た。江崎はその中でもリーダー格らしい男と親しげに会話を交わした後、俺と和花に、オーナーシェフなのだと紹介する。俺は日にちのない中、無理を言って引き受けて貰った恩義があるので、改めて礼を言った。

「今回はありがとうございました。こんな立派なお店でやらせて貰えることになって、本当に感謝しています」

「いえ、こちらこそ、ご利用下さってありがとうございます。ええと…湊さんのお兄さんですか？」

「はい」

「じゃ、司会をやられる方ですね。うちのマネージャーが打ち合わせしたいと言ってましたので、あちらにお願い出来ますか？」

「……」

シェフは和花を知っているようで、その兄がパーティの司会をやることも、承知しているようだった。外堀は埋め尽くされているということか。そう確信し、これはもう無理だと観念した。何が無理かって、つまり、逃げ出すことが、だ。

ならば、大役をそつなくこなす為に努力するしかないだろう。失敗したって、押しつけて来たのは深町の方なのだから、文句は言わせまい。そんな八つ当たり的な気分を抱きつつ、進行の打ち合わせをする為に、マネージャーの元へ向かった。

横浜の中でも高台に位置するレストランは眺望もよく、冬を前にしても緑多く整えられた庭からは、横浜の街が見渡せた。建物や庭だけでも、人気があるわけだと納得出来たが、次々と用意されていく立食パーティ用の料理はどれも美味《おい》しそうで、施設以上の価値があるように見えた。

十一時前にセッティングを済ませた和花は、店の営業があるので、江崎と共に急いで帰って行った。その頃から次第に出席者が集まり始め、教会から駆けつけて来た深町も姿を現した。司会進行役として、必死で段取りを覚える俺の横に立ち、寝癖がついていると文句をつける。

「こういう髪型だ」

「何言ってんのよ。晴れ舞台なのに」

「俺が結婚するわけじゃないんだぞ。それにだな。俺は…」

「はいはい。にっこり笑って〜」

引き受けないと言ったじゃないかと…と皆までは言わせて貰えず、仏頂面を写真に撮られてしまう。カメラマン役を引き受けたと言っていた深町は大きな一眼レフカメラを首から提げており、自分は撮影に忙しいので、後はよろしくとだけ言い残して会場に消えた。

くそう、覚えてろよ…なんて、呪詛《じゅそ》を吐いていると、店のマネージャーが新郎新婦が到着したと教えてくれる。深町からはメールでタイムスケジュールにそった進行表が送られて来ていたが、会場にはそれに基づいた台本まで用意されていた。

よし、まずは第一声。

「お、待たせしました。新郎新婦が到着したようですので、温かな拍手でお出迎え下さい」

ほぼ棒読みのアナウンスで始まったパーティは、なんのかんのあったものの、つつがなく進行していった。和花が江崎と作ったウェディングケーキは素晴らしい出来で、新婦の西村など、感動して涙を浮かべていたほどだ。（ようやく、思う存分ケーキが食べられるという感動だったのかもしれないが）

皆が口々に褒めているのを聞き、俺も兄として誇らしい気持ちになった。すごく美味しそうなだけでなく、意匠も凝った可愛らしいウェディングケーキはケーキカットの後、切り分けられて皆に配られたのだが、司会業の俺はそれを食べる暇もなかった。

ケーキカットに続いては、新郎の角田がバンドを引き連れて歌い、西村の同僚がマジックを披露した。角田の歌は首を傾げるようなもので、マジックの目玉だと聞いていた鳩はシルクハットに閉じこもってしまい、出て来なかった。

その後、テニス部顧問でもあった馬場先生のスピーチとなったが、予想通り、それまでの間に飲み過ぎて酔っ払っていた馬場先生は、俺たちの通っていた高校の歴史から話し始めてしまい、誰も聞いちゃいないのに、パーティの最後までマイクを離さなかった。

その頃には俺も余裕が出来て、角田や西村とも話せた。ありがとうと礼を言う二人が、俺の苦労を何処まで分かっているのかは謎だったが、それでも新しい門出に協力出来たのはよかったと、心から思えていた。

他にも何人かの旧友と話したが、俺は司会業があったせいもあり、「元気そうだな」と互いに声を掛け合う程度で、恐れていたような展開にはちっともならなかった。そのままパーティはお開きの時間となり、大役を終えた俺は疲れ果てて庭の隅っこに座り込んでいた。

「お疲れ」

深町の声がして顔を上げると、シャンパンの瓶とグラスを持って立ってる。俺の隣に腰を下ろし、グラスにシャンパンを注ぐ深町に呆《あき》れ顔を向けて眉《まゆ》を顰《ひそ》めた。

「瓶ごとか」

「余ってたから貰《もら》って来たのよ。ずっと写真撮ってたから飲んでないもの」

飲む？　と聞く深町に首を振る。ただでさえ、疲労困憊《こんぱい》しているのに、シャンパンなんか飲んだらひっくり返るに決まってる。それより、結局、津守が現れなかったのが気になっていて、連絡が来ているかと聞いた。

「急な手術でも入ったのかな」

仕事柄、そういうこともあるだろうという予想はしていた。何があっても駆けつけると言ってはいたが、やはり、そうは問屋が卸さなかったのか。首を傾げて呟く俺に、深町はシャンパンを飲みながら説明する。

「違う。シンガポールに行ってるわ」

「シンガポール？」

「言ってたでしょ。学会って。帰国は明日のはず」

確かに学会がどうのと言ってた覚えはあるが、開催地が海外で、パーティの日に日程が被《かぶ》ってるなんて話は、一切聞いてない。だって、この前うちに来た津守は、司会をやる気満々で、急患が入っても後輩に押しつけるだの、ほざいていたじゃないか。

「どういうことだ？　日程が変更にでもなったのか？」

「最初からこの日程だったのよ。津守の奴、学会への出席予定をすっかり忘れててね。角田と西村には謝って、また改めてお祝いするつもりらしいわ」

「ちょっと…待て…」

だったら、どうしてあの時、津守は自分が司会を引き受けるなんて言ったんだ？　学会の用意が全く出来てなくて、上司に帰れと命じられたような話をしていたから、結婚パーティの当日、自分が日本にいないことだって分かっていたに違いないのに。

不審な思いで首を捻《ひね》る俺に横で、深町は悪びれた様子もなく、肩を竦《すく》めてシャンパンを飲み、悪事を告白する。

「実はね。湊に司会を引き受けさせる為に、二人で芝居を打ったのよ。津守がやるって言い出せば、湊は阻止するしかないと思うでしょ？」

まさにその通りで、津守にやらせたら悲劇が起こると焦り、深町の話に合わせるしかなかったのだ。あの時は。まさか、あれが二人の策略だったなんて！　思いつきもしなかった俺が啞然《あぜん》としているのを見て、深町は小さく息を吐く。

「だって、こうでもしなきゃ、湊は出席しないと思って」

「…ちょっと…待て…。俺をパーティに来させる為に……嵌《は》めたのか？」

「嵌めたなんて。人聞き悪いわよ」

「実際、悪いじゃないか！」

ぐるになって人を欺《だま》すなんて。しかも、司会などという不慣れな真似をさせて、必要以上に気を遣わせて、消耗させるなんてたちが悪いとしか言いようがない。どういうつもりだと憤る俺に、深町は「ごめん」と詫《わ》びた後、理由を口にした。

「湊に皆と会って欲しかったのよ。同窓会とか…昔の仲間が集まるような場所に、絶対出たがらないでしょう。だから…津守に相談したの。そしたら、司会をやらせるように持っていったらどうだって言われて」

「まさか…津守が幹事を引き受けたのに会場を決めてないっていう…あれも…」

「違う違う。あれは本当」

「…!?」

最初から嵌められていたのかという疑いを、深町は慌てて否定するが、訝《いぶか》しげな表情を崩すことは出来なかった。顰《しか》めっ面《つら》のままでいる俺を見て、深町は溜め息を吐く。

「このまま、湊が誰にも会わずに、人を避けていくのは寂しいと思って」

「……。俺は…」

「分かるよ、湊の気持ちは。でも、誰だって大なり小なりあるんだよ。湊は有名になったりしたから、味わう苦さも濃いんだろうけど…。逃げるほどのことでもないって、思えるきっかけが作れたらいいなと思ったの。角田と西村のしあわせそうな笑顔が見られて、よかったでしょう？」

反論がないわけじゃなかったが、よかったと思えているのは事実だった。間を置いて、仕方なさそうに頷《うなず》く俺を見て、深町は苦笑を浮かべる。

「角田と西村も元気な湊と会えてよかったと思ってるよ。他の皆もそう。厭《いや》な思いをするかもしれないって怖がって逃げてるばかりじゃ、よかったっていう思いも味わえないままだよ」

「………」

「どんなに億劫《おっくう》でも、実際動いてみると、そうでもなかったって思えることって多いんだって。……楽観的過ぎるって思ってる？」

そういう気持ちを抱いたのは事実で、何も言えなかった。代わりに大きな溜《た》め息《いき》を吐いて、空を見上げる。午前中は青かった空が、いつの間にか白っぽくなっている。冬も間近だ。パーティ用のドレスを着た深町が薄着であるのを見て、中へ入ろうと促した。

パーティがお開きになった後、二次会に流れるという深町と別れ、俺は一人で電車を乗り継いで家に帰った。鎌倉に着いた時には五時近くになっていたが、今日は日曜だし、閉店時間ぎりぎりまで客足は途絶えないに違いない。

徹夜で疲れている和花を手伝おうと急いで帰ったものの、江崎はまだ帰っておらず、店の手伝いをしてくれていた。スーツのまま調理場を覗《のぞ》くと、疲れた顔も見せずに、和花が聞いて来る。

「お兄ちゃん、お帰り。どうだった？」

「俺の司会以外は大成功だった。角田と西村から、よろしく伝えてくれるように頼まれた。皆にも美味しいって評判だったぞ」

「よかった〜。どうかなと心配してたの」

「お兄さんの司会も評判だったみたいですよ。店のマネージャーと電話で話したら、褒めてました」

江崎が気遣ってくれるのに苦笑し、世話になったと頭を下げる。店の手伝いは江崎がいるので大丈夫だと言われ、俺は自宅の方に戻って、家事をこなした。

朝は起き抜けで出かけたし、犀川さんも一人で開店準備を行わなくてはいけなかった為、何も手つかずだった。洗濯や掃除やら、マカロンの世話やらをこなしている内に、あっという間に六時半になっていた。

いつもより早めに店を閉めた和花たちが戻って来ると、一緒に入って来た江崎に夕飯を食べて行くか聞いた。本当は食べて行くと言われても献立に困るのだが、一応、大人としての礼儀がある。そんな複雑な心中を読んでか、江崎は帰りますと言った。

「ちょっと用がありまして」

「そうですか。店の手伝いまでして貰って、本当にお世話になりました」

「ごめんね、江崎くん。こんな時間まで」

和花が外まで見送りに出ると言うので、俺もそれとなくついて行った。決して二人の邪魔をしようとしたのではなく、勝手に江崎の車を使ってしまったのが気になっていたのだ。

もし、江崎が不審な表情でも見せたら、何とかごまかさなくてはいけない。

疚《やま》しさを抱えつつ、江崎と和花と共に店を抜けて、駐車場の方に出る。江崎が鞄《かばん》から取り出した鍵《かぎ》で、車のロックを解除した時だ。和花が「あ」と声を上げた。

「そうだ。江崎くん、ちょっと待ってて」

渡したいものがあったんだと言い、和花は店に入って行く。江崎と二人になった俺は、改めて世話になった礼を伝えた。

「色々、ありがとうございました。皆にも大好評だったし…あれだけのものを和花一人で作るのは無理だったかもしれません。江崎くんのお陰です」

「いえ。俺は言われるがままに手伝っただけですから」

謙《へりくだ》っているわけではなく、純粋に和花の能力を尊重しているような物言いは好ましいもので、やっぱり江崎はいい奴なのだと実感した。ウェディングケーキを作る為にほぼ徹夜した上に、店も終わるまで手伝ってくれた。客観的に見れば本当に出来た男だ。

二人の交際に対する複雑な気持ちは消えないが、和花は江崎のような奴といればきっとしあわせなのだという事実は、認めなくてはいけない。和花がまだ戻って来そうにないのを確認して、俺は江崎に頭を下げた。

「これからも…妹をよろしくお願いします」

真剣な表情で頼む俺に対し、江崎は「こちらこそ」と言って恐縮する。それから少し困った顔になって頭を掻《か》いた。

「でも……」

「……？」

でも、の続きを言い淀《よど》む江崎を不思議に思って見る。でも…、何だろう？　江崎が何を言おうとしたのか想像がつかずに、その続きを待っていると、江崎は小さく息を吐いてから、意を決したように告白した。

「俺、和花に振られたんですよね」

「……。…え？」

「一緒にフランスに行こうって…誘ったんですけど。俺、明日からフランスに行くので」

「え？」

全く考えてもいなかった展開で、俺は頭の中が真っ白になった。てっきり和花と江崎は復縁していて、いい感じなのだと思い込んでいたのだ。だから、年齢が年齢だけに、結婚なんてことになったらどうしようと慌て、交際には賛成出来ないと悶々《もんもん》としていたのに。まさか、和花が江崎を振っていたなんて。それに明日からフランスというのは…。

「ふ、フランスって…」

「向こうのレストランを任されることになりまして。それで…和花もフランスで勉強したいって言ってたし、いい機会だと思ったので一緒に行こうって言ったんですけど…。ちゃんとした店なので、収入もそれなりにありますから、和花を支えることも出来ますし…」

「……和花は…どうして…？」

「やっぱ、店が気になるようでした。既に軌道に乗ってるし、しばらく休んだとしても客が離れるような店ではないからと説得はしたんですが…」

「……」

無理だと言われてしまったと、江崎は少し恥ずかしそうに苦笑する。軌道に乗っていると言っても、まだ開店して二年の店を長期で休むのに抵抗があるというのは理解出来る。だが、和花が江崎の誘いを断った理由は別のところにある気がした。

そんな俺の推測を裏付けるような話を江崎が続ける。

「俺、前にフランスに行く時も和花を誘ったんですけど、振られたんです。あの時はキャリアを積む為の留学で、先の見えない話を断られたのは当然だと思って、諦《あきら》めたんですが…」

二度も振られてしまったと、江崎が肩を竦めた時だ。店の扉が開く音がして、和花が「ごめんね」と言う声が聞こえる。小走りで駆けつけて来た和花は、小ぶりの紙袋を手にしており、江崎に渡した。

「折角買ったのに忘れるところだった。向こうは寒いと思うから使って」

「何？」

礼を言って受け取った紙袋を覗いた江崎は、早速中身を取り出した。透明のフィルムでラッピングされてリボンをかけられているのはマフラーらしきもので、嬉《うれ》しそうに笑って「ありがとう」と言う。

江崎は振られたと言ったけれど、二人の間に親密な空気があるのは事実だ。俺はそれとなく「じゃあ、気をつけて」と言って、先に店へ入った。明日からフランスに行くらしい江崎と和花はしばらく会えないのだろうから、気を遣うべきだ。

それでも気になる気持ちはあって、そのまま家の方へは戻る気にはなれなかった。それとなく店の中に留まり、片付けをしている風を装っていると、間もなくして扉の開く音がし、和花が入って来た。

「お兄ちゃん？　何してるの？」

「い…いや。ちょっと…テーブルの位置が…」

わざとらしい言い訳は見え見えだったようで、和花が苦笑する。その顔には哀しそうな表情はなく、無理をしているようにも見えなかった。江崎は明日、フランスに発《た》つと言っていた。和花は寂しくないのだろうか。そんな思いが浮かんで、つい口にしていた。

「…フランスに行くんだって？」

「江崎くんに聞いたの？　そうなの。しかも、明日からで…こんなぎりぎりまで手伝わせることになっちゃって、悪いことしたよ」

「深町から有名なシェフだとは聞いてたが…店を任されるんだって言ってたぞ」

「すごいよね。今でも十分に有名なんだけど、あと五年もしたら、もっと有名になると思うよ。世界的なスターシェフとかになってそう」

「そうか…」

そんな男から二度も誘われたのに断るなんて。和花だって江崎は仕事面においても、プライヴェート面においても、かけがえのないパートナーになり得る相手だと分かっていると思うのだが…。

和花の足かせになっているのは、俺なんじゃないか。そんな考えが頭の隅に浮かんだけれど、口に出しては言えなかった。俺のことは気にしなくてもいい。江崎と一緒に行った方がいい。本当はそんな言葉で和花の背中を押してやるべきだと、分かっているのに。

和花のしあわせを一番に考えてやれない、自分の不甲斐《ふがい》なさを痛感していると、和花がにんまり笑っているのに気付いた。どうした？　と聞くと、好奇心いっぱいの顔で言う。

「お兄ちゃんの司会、見たかったな」

「……」

「麦ちゃんがビデオ撮ってるって言ってたから、見せてくれるよね」

「悪趣味な真似はよせ」

晴れ舞台じゃない。からかうように言って、和花は店の電気を消した。ご飯にしよう。

そんな言葉に頷き、二人で店をあとにした。


悩まされていた結婚パーティも不本意な形ではあったが、無事に終わり、俺は平穏を取り戻した。同時期に魚谷さんの問題も片付いたので、これでいつもの日常が送れるとほっとしたのも束の間…。

「…何も書けてない……」

ばたばたと振り回されている内に、唯一の収入源であるエッセイの締め切り日が目の前に迫っていた。なのに、一行も書けてなくて、ネタもない。この一月にあった大きな出来事と言えば、人生初の司会業をこなしたことだが、恥をさらすようなネタを取り上げるべきかどうか…。

延々悩んでいる内に一週間はあっという間に過ぎ、迎えた週末。締め切りは明日だというのに何も書けていないまま、俺はおやつ処みなとを手伝っていた。

「お待たせしました。スペシャルパフェと本日のケーキになります」

こんなことをしてる場合なのかという葛藤《かっとう》と戦いながら、愚直にお運びさんを続けている内に日は暮れる。ありがとうございました。またお越し下さい。型どおりの挨拶《あいさつ》で最後の客を送り出すと、和花と犀川さんに店の片付けを任せ、俺は先に自宅へ戻った。

午後からずっと店に出ずっぱりだったので、家のことが何も出来ていなかった。既に真っ暗になっている庭に出て、洗濯物を取り込んでると、垣根の向こう側にある自宅用の駐車スペースに車が停まる気配がした。うちを車で訪れる人間は限られている。たぶん津守だなと考えながら、洗濯物を抱えて縁側に上がろうとすると、「おい」と声をかけられた。振り返れば、門と玄関を繋《つな》ぐ小径《こみち》からの木戸を開けて、津守が入って来るのが見える。

「玄関から入れ」

「店は終わったのか？」

「さっきな」

俺の忠告など右から左に聞き流し、津守は砌石《みぎり》に靴を脱ぎ捨て、縁側から上がる。洗濯物を畳む為に腰を下ろした俺に、「ほら」と言って手にしていたビニル製の袋を渡して来た。「なんだ？」と聞きながら中を見れば、マーライオンの写真がデザインされた箱入りチョコレートが入っていた。

いわゆる、シンガポール土産というやつか。津守が出張で土産を買って来るのは珍しい。多少なりとも、俺を欺《だま》した罪悪感を感じているようだと思いながら、鼻先を「ふん」と鳴らした。

「こんなものでごまかせると思うなよ。うちは菓子屋だ」

「菓子屋じゃないだろう。おやつ処じゃないか」

「同じようなもんだ」

津守と会うのは、司会の件で深町と小芝居を打って以来だ。実際は、俺の方が津守と深町に小芝居を打たれていたわけで、欺されたことを俺はまだ根に持っている。月曜にはシンガポールから帰国すると聞いて、電話で文句の一つも言ってやりたいとは思ったが、帰国後は仕事で忙殺されるに違いないのを分かっていたので、控えていたのだ。

そんな風に大人の配慮が出来る俺とは違って…。少し距離を置いた場所に腰を下ろし、あぐらをかいて座った津守を横目で見る。非難するような視線を感じたようで、らしくない神妙な顔で「なんだ？」と聞いて来た。

「よくも欺したな？」

「司会がやりたかったのは本当だ」

「でも、出席出来ないと分かっていたんだろう？」

「大成功だったらしいじゃないか」

話をはぐらかそうとする津守に眉《まゆ》を顰《ひそ》め、仏頂面で「ふざけるなよ」と言い返す。何でも無事終わったからよかったなんて、結果オーライで済むわけがない。その間、精神的苦痛を負わされた当人としては到底納得がいかず、ぶつぶつ言いながら洗濯物を畳んでいると、津守が「湊」と珍しく、まともに呼びかけて来た。

どきりとして手の動きを止め、隣を見る。津守は俺の方を向いておらず、暗い庭を見ているようだった。

「俺も深町もお前を心配してるんだ」

「……」

「俺はともかく…深町の気持ちは考えてやれ」

まさか津守に面と向かって…実際、面と面は向かい合っていなかったのだが…心配していると言われるなんて思ってもおらず、思わず言葉を失った。深町は俺をパーティに出席させる為にどうしたらいいかと津守に相談したと言っていた。乱暴なやり方に賛成は出来ないが、二人が俺のことを考えてしてくれたのは、痛いほど分かる。

俺にとっては面倒や心配をかけさせるのは、津守や深町の方なのに。その認識が間違っているということか。それとも……友達というのは、そういうものか。そんなことを考え込んでいると、津守がゴホンと咳払《せきばら》いする。

「それに、お前のような頑固で偏屈な男を引っ張り出す為にはあれくらいしないと無理だ」

「……。お前に偏屈と言われる覚えはない」

「偏屈さではお前に負ける」

いや、お前の方が…と不毛な言い合いをしていると、「津守さん？」と呼ぶ和花の声が聞こえた。二人ではっとして振り返れば、座敷の向こうから和花が不思議そうな顔で覗《のぞ》いていた。

「やあ、和花ちゃん。今日も可愛いね。ウェディングケーキの件では色々ありがとう。角田と西村も大変喜んでいたようだよ」

「津守さん、仕事で出られなかったんですってね」

「そうなんだ。だから、和花ちゃんの美味《おい》しいケーキも食べられなくて、残念だった。湊の司会振りも見られなかったし」

それは見なくてもいいだろう…と突っ込みを入れかけた時、和花が「でも」と返す。

「今晩、麦ちゃんがビデオを持って来てくれるって言ってましたよ。お店が終わった頃に来るって言ってたから、もうすぐ来るかも」

「…!?」

「ああ、そうなのか。だから、俺にも時間があったら顔を出すように連絡が来たんだな」

津守がやって来たのは俺に無礼を詫《わ》びる為ではなかったらしい…というのは、無きにしも非《あら》ずだったので、今更どうこう思わないが…。結婚パーティのビデオとは…！　深町の奴…。皆を集めた上映会で、俺を笑いものにしようとする気なのか。

だが、今日の俺には「締め切り」という大義名分がある。なんたって、一行も書けていないのだ。勝手に上映会でも何でもするといい。俺は部屋に籠《こ》もらせて貰《もら》う…と鼻息荒く決意し、畳み終えた洗濯物を抱えて立ち上がりかけた時だ。チャイムの音が聞こえた。

「麦ちゃんかな？」

「あいつがチャイムなんか鳴らすか？」

怪訝《けげん》に思いながら、一旦《いったん》洗濯物をその場に置き、俺は玄関へ向かった。鍵《かぎ》がかかっていて入って来られないのかと考えたが、引き戸が施錠されている気配はない。まさか…。実は司会の件を申し訳なく思っていて、それで恐縮しているとか…。

まさか、まさか…と自分の思いつきを疑いながら庭下駄を履き、引き戸を開けた俺は、やっぱりと嘆息した。深町にそんな殊勝さがあるわけがないか。玄関前に立っていたのは深町ではなく……魚谷さんだった。

「……」

魚谷さんは俺の前で深々と頭を下げた。魚谷さんがもう一度、訪ねて来るかもしれないとは思っていたので、後ろの様子を窺《うかが》ってから、外で話してもいいかと聞いた。

「客が来ているので、すみません」

津守を客と呼ぶのは癪《しゃく》だが、魚谷さんとの話は津守だけでなく、和花にも聞かれたくない。頷《うなず》いた魚谷さんと共に門まで歩いて行き、その外に出ると、一旦立ち止まった。魚谷さんは再度俺に頭を下げ、礼を言う。

「色々ありがとうございました。あの…それで…、お礼は…どうしたらいいですか？　何も聞いてなかったので…」

「お母さんはどうですか？」

魚谷さんの問いには答えず、お母さんの様子を聞くと、魚谷さんは綺麗《きれい》な笑みを浮かべた。ベッドに起き上がれるまでに回復したのだと話す表情は明るくて、この前の夜に見た涙が嘘のようだった。

「このままいけば、発表会も見に来て貰えそうです」

「そうですか。よかったですね」

微笑んで相槌《あいづち》を打つ俺を、魚谷さんは窺うように見る。望みを叶《かな》えて貰った魚谷さんがお礼を気にするのは当然なのかもしれない。歩きながら話しましょうと言い、魚谷さんと並んで細道を下る。トンボ帰りにさせてしまうのは申し訳なかったが、これ以上親しくなるのはお互いの為によした方がいい。

そのまま、バス停を目指して歩きながら、魚谷さんにお礼は必要ないのだと答えた。

「何も頂いてないんです。…ただ、この前お願いしたことを守って下されば結構です」

「……誰にも話さないという…？」

「ええ。それと…ここにも二度と来ないで下さい」

きつい言い方かもしれなかったが、魚谷さんの目の前でしたことを、和花たちに知られるわけにはいかない。ちらりと見た魚谷さんの顔は強張っていて、申し訳なく思いながら「お願いします」と頼んだ。

「…分かりました。約束を守ります」

硬い表情のまま、約束してくれる魚谷さんは凜《りん》としていて、将来の晴れ姿を彷彿《ほうふつ》とさせた。バレエというものに全く知識がないが、これからは気をつけてニュースを追うことにしよう。いつか、魚谷さんの名前や姿を、見られるかもしれない。

間もなくバス停に着くという頃になって、魚谷さんは「すみませんでした」と詫びた。謝られる理由が思いつかず、不思議に思って振り返る俺を、ぎこちない笑みを浮かべて見る。

「…まさか…湊さんが……そういう方だとは思ってなかったので…、無理なことを言ってたんだって気付いて…、申し訳なくなったんです。湊さんは私に話したリスクを……自分で負う覚悟で……、引き受けて下さったんですよね？」

「……」

これまで色んな「お客」が訪ねて来たけれど、魚谷さんのような感謝の仕方をしてくれる人はいなかった。誰もが、熱心に純粋に礼を言うけれど、俺が引き受けるリスクを分かってくれているのかどうかは分からなかった。

魚谷さんが、彼女自身の命を奪うことになるかもしれないという恐怖と戦っていた俺を、理解してくれたのは救いのように思えた。感謝の気持ちはあったが、どういう言葉にしていいか分からず、長い息を吐き出し、緩く首を振る。

「……それが……俺の務めですから…」

湊の家に特別な力を持って生まれた者の務めだと、父は繰り返し言った。だから、父がいなくなった後も、それを守って来た。母の命を奪ってしまった俺は、またあんなことになってしまわないかと恐ろしくて、それでも、父の言葉に縛られてやめることは出来なかった。震えそうな声で言う俺に、魚谷さんは「本当に感謝してます」と何度目かの礼を言って、頭を下げる。

魚谷さんの望みを叶えた時、何事もなく終わってよかったとほっとしたが、今度こそ、自分が本当に安堵《あんど》出来ているのが分かり、笑みが漏れる。よかったです…と魚谷さんに声をかけようとした時、何処からか視線を感じた。

「………」

七時を過ぎ、既に辺りは真っ暗で、人通りもない。何だろうと不思議に思って周囲を見回すと、二車線の市道を挟んだ向かい側に女性が立っているのが見えた。女性は立ち止まり、俺たちの方を見ている。視線の主は彼女に違いない。

街灯のない付近だったから、よく見えなかったのだが、よくよく目を凝らしてみると見覚えのある人影だと分かる。三十過ぎくらいで…肩に大きな黒い鞄《かばん》をかけたあの女性は…。

「…深町？」

なんと、車線の向こうから俺と魚谷さんをガン見していたのは深町だったのだ。何してんだ…と思って、深町が訪ねて来るような話を聞いたのを思い出す。バスを降り、歩いてうちへ向かう途中なのだろう。ちょうどよかったと楽天的に思い、魚谷さんのバスが来るまで待っててくれるように声をかけようとしたところ、タイミングよくバスがやって来た。

「…あ、バス、来ました。送って下さって、ありがとうございました」

「気をつけて」

魚谷さんは最後にもう一度丁寧に挨拶《あいさつ》してから、停留所まで駆けて行き、停車したバスに乗り込んだ。バスが発進するとすぐ、俺は車通りがないのを確認して道路を渡り、深町の元へ駆けつけた。

「偶然だな。津守、来てるぞ」

「……」

「深町？」

何気なく、津守がいると伝えただけなのに、深町が睨《にら》むように見て来るので、訝《いぶか》しく思い眉《まゆ》を顰《ひそ》める。何なんだ。睨まれるようなことを言った覚えはないぞ。どうしたんだ？と聞く俺に深町はぶっきらぼうな言い方で尋ねる。

「……あれが例の女子高生？」

「女子高生？　…ああ」

確かに魚谷さんは女子高生だが、どうして深町が知っているのか。不思議に思って首を傾げる俺から顔を背け、深町は今しがた俺が渡ったばかりの道路を足早に横切った。俺は慌ててその後を追いかけ、戸惑いを抱きつつも呼びかける。

「深町」

深町はなんで怒っているのだろう。仕事で厭《いや》なことでもあったのか？　そう言えば、この前もやけに不機嫌だったような…。一体、何なんだと呆《あき》れながら、ずんずん歩いて行く深町の後をついて行きながら、理由を聞いた。

「なんで怒ってるんだ？」

「……」

「何かあったのか？　バスで厭な目にでも遭ったか？」

「……」

「…まさか、痴漢にでも…」

公共交通機関で女性が厭な目…イコール、痴漢を連想し、俄《にわか》に焦った気分で尋ねかけた俺を、突然足を止めた深町が振り返る。

「ちが……きゃっ…!!」

違うと大声で否定しかけた深町は、俺を見て…いや、正確には俺の上の方を見て叫び声を上げた。自分の背後に何かあるのだと反射的に悟り、さっと後ろ見れば…犀川さんが立っていた。

確かに、夜道で犀川さんに出会《でくわ》したら叫び声も上げたくなるとは思うが、知り合って十五年以上は経つ深町が相手であることを考えると、叫ばれる犀川さんの方が気の毒になる。

いや、それより、犀川さんが自分の後ろにいると全く気付いていなかった俺は、「どうしたんですか？」と驚いて聞いた。

だが、犀川さんは俺には答えず、深町を見て「誤解しないで下さい」と言った。

「あの方は私のファンの方です。柚琉さんとは何の関係もありません。私は店の片付けがあったので、柚琉さんにバス停まで送って頂いたのです」

ファンって……誰のことだ？　犀川さんが何の話をしているのか、俺はさっぱり分からなかったのだが、深町には通じているようだった。

「え…そうなんですか…？　でも…和花ちゃんが…女子高生が湊を訪ねて来て…仲よさそうに見えたって電話して来たから…。あの子がその女子高生なのかなって…」

「確かに、先日いらしたのは彼女ですが、柚琉さんと親しそうに見えたというのは誤解です。彼女は私のファンだと公言するのは恥ずかしいと考えてらっしゃるようなので、和花さんにも内緒にしているのです」

「はあ…。確かに…ちょっと変わってる……いえ、何でもありません。じゃ…湊は隠《かく》れ蓑《みの》的な…？」

「そう考えて頂けばよろしいかと」

なるほど…と頷く深町の顔からは険しい表情はすっかり消えていた。二人のやりとりが今一つ分からず、首を捻《ひね》る俺を見ながら、深町はにやりと笑って「そうよねえ」と意味ありげな言い方をする。

「湊が女子高生にもてるわけがないわよね。しかも、あんな綺麗な子に好かれるなんて、ないわ〜。あり得ない、あり得ない。なるほど、なるほど〜」

「どういう意味だ？」

ありえないとはなんだ。俺だって、時にはもてる…こともあるかもしれない。と、口に出して言うことまでは出来ずにいる内に、深町はさっさとうちに向かって歩き始める。

「そうよねえ」と繰り返される声を聞きながら、俺は犀川さんにどういうことなのか聞いてみた。

「犀川さん、何の話ですか？　ファンって…まさか、魚谷さんのことですか？」

「……」

「どうして魚谷さんが犀川さんのファンなんですか？」

どういう意味なのかと説明を求める俺を、犀川さんはいつも以上に冷たい目で見た後、溜《た》め息《いき》が混じってそうな声で言った。

「柚琉さんはもう少し、周りの方々の気持ちを考えた方がいいかもしれません」

「……」

昔から鈍感だと常々言われ続けているので慣れてはいるけれど、犀川さんにそう言われたのはショックだった。だって、相手は犀川さんなのだ。人間でもない犀川さんに、人の気持ちを考えろと言われてしまうなんて……。

青天《せいてん》の霹靂《へきれき》的な衝撃から立ち直れず、俺は危うく唯一の仕事であるエッセイの原稿を落としそうになってしまった。追い詰められて書いたのは、結局、司会業を引き受けざるを得なくなるまでの葛藤《かっとう》で。それが思いのほか、好評であったのは大いなる誤算であったと言わざるを得ない。

あとがき

この度《たび》は「鎌倉《かまくら》おやつ処《どころ》の死に神」を手に取って頂き、ありがとうございました。少々不思議なお話ではありますが、最後まで楽しんでお読み頂けていたらいいなと、心より願っております。

子供の頃、時折、母が買って来てくれるケーキが大好きでした。生家は小さな工場を営んでおりましたので、母はいつも働いていて、手作りのおやつを用意してくれた覚えはありません。それを母なりに気にしていたのか、ケーキや和菓子、ドーナツなどをちょくちょく買って来てくれていました。

その中でも印象に残っているのが、小さな四角いケーキです。正方形のそのケーキは、側面にクリームが塗られ、その上にクランブルがまぶされていました。上にはほんのり苦いマーマレード。その周囲をバター風味のクリームでデコレーションされたケーキが、とても好きでした。

同じお店のロールケーキも秀逸で、柔らかなスポンジ生地にクリームを挟み込んで、くるくると巻いたものに、マーマレードのケーキと同じく、全体にクランブルがまぶされていました。子供だった私は、クランブルなんてものだとは知らず、なんて美味《おい》しいつぶつぶなんだろうと、いつも思っていました。

今から考えると、随分、質素なケーキだったのだと思います。お値段もとても安かった覚えがあります。母が若かりし頃に働いていた会社から近かったそのお店に、何度か連れて行かれたことがあるのですが、美味しそうなケーキに似つかわしくない、ひどく無愛想なおばあさんが黙々と働いていました。暗い店の奥ではおじいさんが黙々と、ケーキを焼いていました。なんてミスマッチなのだろうと子供心に思ったものです。

大人になってから懐かしく思い出して、母に買って来てよと頼んだこともあるのですが、いつの間にか、お店はなくなってしまっていたということでした。バター味のケーキなど古くさいと、目もくれなかった時代が通り過ぎていったせいもあるのでしょう。

かように、おやつには懐かしい思い出がちりばめられているものだと思います。母の味でも、お店の味でも、自分で初めて作ったお菓子の味でも。美味しいものを食べると、自然と気持ちが高揚するものですが、中でも甘いおやつは特別な感情を生み出すのかもしれません。

柚琉《ゆずる》は重い事情を抱えている上に、人生に行き詰まっており、ままならない日々を送っています。それでも、和花《わか》ちゃんや犀川《さいかわ》さん、深町《ふかまち》や津守《つもり》といった友人に囲まれて送る日常は、なかなかに賑《にぎ》やかなものです（本人にとっては不本意かもしれませんが）。迷惑に思えることでも、時として、救いになるような場合もあるのです（たぶん）。柚琉は甘いものにはさほど感心のない男ですが、犀川さんが食べさせてくれたキャラメル味のアイスクリームの美味しさは、彼の中に染み込んだはずだと思います。

さて、表紙絵を描いて下さいました宝井理人《たからいりひと》先生に、厚くお礼を申し上げなくてはなりません。犀川さんも、柚琉も和花も、とても素敵に描いて頂き、ありがとうございました。柚琉が予想以上にかっこよく、ちょっとドキドキしてしまうほどです。

犀川さんは気配なく、いつも突然現れるのですが、その辺りは宝井先生の絵で漫画チックに想像して頂けると、更にお楽しみ頂けるかと。津守と犀川さんのやりとりなど、漫画だったら楽しいだろうなあと妄想しておりました。皆様もどうぞ、頭の中で変換なさって下さい。

今回も的確なアドバイスを下さった編集担当様にも、感謝申し上げます。このお話、どうやって組み立てればいいか悩みまして、最初にお送りした原稿はもっとぼんやりとした…なのに暗い…使い物にならない感じのものだったのです。こうして何とか皆様に読んで頂けそうなのは、アドバイス頂けたお陰だと思っております。細々《こまごま》と面倒を見て下さっている担当様も、ありがとうございます。皆様に支えて頂き、なんとかやっております。お読み下さった皆様が、死に神味のアイスクリームを食べたいなと思って下さいますように。和花ちゃんのお店が近くにあればと、おやつの時間が近くなると願う私です。

冬はやっぱりぜんざいで　谷崎泉《たにざきいずみ》

お便りはこちらまで

〒一〇二—八五八四
富士見L文庫編集部　気付
谷崎　泉（様）宛
宝井理人（様）宛

富士見L文庫

鎌倉《かまくら》おやつ処《どころ》の死《し》に神《がみ》

谷崎《たにざき》 泉《いずみ》

平成28年1月20日 初版発行

発行者	三坂泰二
発　行	株式会社KADOKAWA http://www.kadokawa.co.jp/
	〒102-8177 東京都千代田区富士見2-13-3
電話	03-3238-8521（カスタマーサポート） 03-3238-8641（編 集 部）
印刷所	暁印刷
製本所	ＢＢＣ
装丁者	西村弘美

定価はカバーに表示してあります。

ISBN 978-4-04-070792-1 C0193 ©Izumi Tanizaki 2016 Printed in Japan